U0072337

青春是一首練習曲
文・陳素宜　圖・灰塵魚

賞評

另類校園小說

張子樟（臺東大學兒童文學研究所前所長）

如果依照字數來確定適讀文本的話，有字繪本最多約三千字，橋梁書約六千字上下，童話介乎前二者之間。問題是，孩子在經歷前三者後，就可直接閱讀三四萬字的兒童小說或五萬字以上的少年小說嗎？令人存疑！這或許就是至今小說類未能成為師長、家長和學生喜愛的文本的主因。既然如此，何妨先好好細讀萬字上下的短篇小說？短篇小說的主軸各有千秋，以青少年為主角的感人故事不少，重心在於他們彼此之間的互動，從中獲得啟蒙，領略成長期間的不同滋味。當然，有些故事以青少年為旁觀者，細看成人們的一舉一動，藉此了解人與人之間的互動模式與生命真諦。《青春是一首練習曲》這本短篇選集就是朝此方向。

熟悉校園小說的讀者必定都細讀過美國作家安德魯·克萊門斯的校園系列小說。他在熱鬧異常的師生互動敘述中，總不忘丟出一兩個值得深思的問題，讓讀者去思考這些通常被忽略、但確實存在於校園、等待解決的大小問題。藉由思考這些問題的合理解決方式，間接提昇了作品的層次與價值，逃避了一向流行於國內、只知在校園內、課堂上胡鬧、互相作弄、嘲笑對方的校園鬧劇。本書作者長年在國小服務，一定也閱讀過不少類似的作品。細讀這本作品，我們發現她努力避開國內校園小說的弊病與缺點，試圖找出自己的路。

這本選集有六篇短篇作品，主述者都是青少年，觸及的都是當前青少年可能必須面對的現實問題：與異性交往的幻想、孤單寂寞老人、公共場所衛生、愛美減肥、父母失婚、比賽的真義等。試舉幾篇作品稍加說明。

初讀〈菱角田上的葉行者〉一文，必定不能了解一位熱愛先生女兒的婦人竟然說出跟先生沒有感情要離婚而出走。到故事結束時，我們才知道，她知道自己得了絕症，不忍心拖垮全家，才採此下策。大女兒原本的誤解與怨恨在剎那間化為烏有。故事相當感人。

現代人因工作關係，常常忽略了家庭的經營。〈非常任務〉中的中年夫妻遠赴上海出差，把不喜愛都市生活的老媽從臺南請來照顧獨子阿成。剛來時，這位阿媽滿腔熱忱，勤於與冷漠的鄰居互動，偶爾上上附近的公園。不久，阿成發現阿媽有點不對勁，她心中忘不了臺南鄉下的一切，根本不可能長久住在都會區。故事凸顯了現代社會變遷造成的親人互動的有限空間以及少子化問題。

〈君子之爭〉以孩子參加躲避球賽為背景，詮釋參加球賽的真正意義。球隊先是隊長遷居離隊。接著教練結婚調回南部。好不容易球隊在新教練高主任的操練下，漸入佳境，沒想到在全國大賽的球場上，最後的敵隊教練竟是原來的教練龍頭，眾人心中多个以為然。最後龍頭的一番話解開了孩子的心結。他強調：「名次應該不是最重要的，重要的是過程。」全隊彼此交心，同甘共苦，一起奮鬥的過程。故事並不說教，且在敘述當中說出一些道理來，值得細讀。

優秀的作品往往會讓讀者思考人生的種種問題，或多或少撞擊心靈深處。這本選集就是朝這個方向邁進，相信大小讀者在掩卷深思時，會有一種說不出的感受。

好的作品到處都是，如何擷取，完全在於你自己的閱讀角度。

自序

有人跟我一樣嗎？

以前我是個急性子的人，有什麼話要說，總是衝口而出；有什麼事要做，總是馬上動手。所以有很多的時候，我總是在責怪自己說錯了話，或是做錯了事。看著別人優雅的談吐，從容的辦事，我心中常有一個疑問：

「有人跟我一樣嗎？有人跟我一樣，總是來不及阻止自己說錯話、做錯事嗎？」

真的！我總以為自己跟別人不同，總擔心自己不如人家。直到有幾次在看小說、看散文的時候，我終於放下心來。因為在書裡頭我找到了跟我一樣會緊張、會衝動、會後悔的人；甚至我也看到了那些談吐優雅、舉止從容的人，也有不知所措的時候！

現在我還是一個急性子的人，不過心裡卻篤定多了。我知道不是我有毛病，不是我特別的跟人家不同，只要我在行動之前，先深深吸一口氣，讓要說的話或是要做的事，在腦了裡面轉一下，我也可以說話很得體、做事很順利。嗯！這先深深吸一口氣的方法，也是看書的時候學來的呵！

在幾十年的老師生涯中，我發現有很多很多的孩子，跟以前的我一樣，心裡藏著一個很大很大的問號。

看到隔壁班那個男生就會臉紅心跳的女孩，看著天上的白雲問自己：「有人跟我一樣嗎？」

聽到自己的聲音突然變得像鴨子一樣粗嘎的男生，掩著嘴巴問自己：「有人

和我一樣嗎?」

對著鏡子擠青春痘的女孩,忍著淚水問自己:「有人跟我一樣嗎?」

不管爸媽說什麼都想頂回去的男生,皺著眉頭問自己:「有人跟我一樣嗎?」

有些孩子不好意思問人,他們怕問了會被人家笑;有些孩子不想問人,他們覺得問了也是白問。於是孩子們心裡的問號愈來愈大,愈來愈大,它像個彎彎曲曲的大鉤子,把孩子們的心掛在半空中,怎麼都安定不下來。

「有人跟我一樣嗎?」這個曾經掛在我心頭的問號,也掛在許許多多的孩子心中。既然我在書中找到了答案,希望我的書也能解開孩子們心頭上的疑惑。在這裡看到跟自己有相同心事的人,可以深深體會書中人物的喜怒哀樂;在這裡看到別人心事的人,可以想像自己面對相同狀況的時候,會用什麼心情度過。

「有人跟我一樣嗎?」

有的！現在就翻開書，一起分享酸甜苦辣、五味雜陳的年少心情吧！

目錄

賞評

另類校園小說　張子樟　002

自序

有人跟我一樣嗎？　006

蘋果、梨子、胡蘿蔔　013

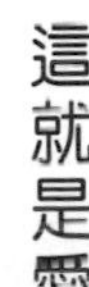
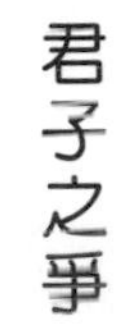

這就是愛情嗎？ 043

君子之爭 069

菱角田上的葉行者 107

狗屎大戰 145

非常任務 185

好評推薦

在青春的花園裡，高歌吟唱　王意中 228

青春的酸甜滋味　李佳玲 231

用故事和孩子談心　花梅真 235

創造自己的青春練習曲　賴秋江 238

紙上讀書會 242

蘋果、
梨子、
胡蘿蔔

「都是那個廣告惹的禍！」

大喬說完，狠狠的咬了手中的炸雞腿一口。

「什麼廣告？」

我坐在大喬對面，掏出一面小圓鏡子，邊找臉上不知道什麼時候又冒出來的痘子，邊聽她訴苦。

「就是那個減肥廣告嘛！畫了一個蘋果、一個梨子和一根胡蘿蔔，穿著不同樣式的泳裝。說什麼女人身材變形啦、難看啦、沒有吸引力啦，還有其他什麼跟什麼的！」

大喬三、四口解決了一支雞腿，她喝了一口冰奶茶，又拿起一支炸雞翅。真不知道她被餓了幾餐了！

我在額頭右邊接近髮根的地方，發現一顆新冒出來的痘痘。好像還沒成熟，不知道該不該擠？我忍不住手癢，右手食指不停的在痘痘上磨來磨去。然後問大喬：

「怎麼了？那個廣告得罪你啦？」

「不是得罪我，是挑動了我胖阿姨的心！」

大喬拿起一根薯條，沾了好多番茄醬，塞進嘴裡去。

「胖阿姨？」

我嘴裡應了大喬一聲，眼睛盯著鏡子裡的痘痘不放。

「就是我媽的妹妹嘛！她身材圓圓胖胖的，就像那個廣告裡的蘋果一樣。我們都叫她胖阿姨，本來她也會高高興興的回應；可是她最近開始注意

身材了，因為再兩個月她就要結婚啦！這是一輩子才一次的事情，她決定要做個『零缺點』的新娘。所以她上個禮拜拿了那個廣告來遊說我媽，跟她一起開始減肥。她說我媽生了兩個孩子以後，一直沒有瘦下來，是標準的梨子身材，再不減肥，就要變成歐巴桑了！結果，我媽說我們全家都超重，全部都要減。」

「所以你家已經吃了一個禮拜的減肥餐了？」

我還是忍不住手癢，把那個沒成熟的痘子擠掉了，弄得自己又紅又痛。我真是恨死這些痘子了！

「是啊！整整一個星期欸！我爸和我弟弟有沒有偷吃我是不知道，我可是忍到了今天才來這裡加菜的。對了！不知道我媽有沒有偷吃？」

大喬抹抹嘴巴，擦擦手，一副心滿意足的樣子，賴在椅子上還不想起來。

「走吧！走吧！再不回去，我媽要報警了。」

我催著大喬走出速食店。今天星期五，下午老媽不上班，大概已經在家裡等我等得不耐煩了。

果然沒錯，我才進門，老媽就緊張兮兮的說：

「你要嚇死我啊？慢點回來也該打個電話回來呀！我還以為你不見了呢！」

「對不起啦！媽……我陪大喬到速食店吃中餐，人好多呵，所以拖到現在才回來。」

「好啦！好啦！趕快去洗個臉，換件衣服。爸爸說等一下全家到趙伯伯

趙伯伯是我們鄉下的老鄰居，去年我們搬到這裡來，他們搬到三峽去。他常常打電話來要我們全家一起過去玩。

「趙伯伯家？那……那……趙明育在不在家？」

「明育啊，應該在吧！我剛打電話過去，就是他接的呀！」

老媽笑著用一種「我知道你心裡想什麼」的眼光看我。不知道怎麼回事，我忽然覺得熱了起來。我跟老媽說：

「好熱！我要去洗臉了。趙伯伯那裡我不去了，我下禮拜一還要考試呢！」

老媽跟著我到浴室說：

的新家看看。」

「怪了！你不是問明育在不在嗎？他在呀！你怎麼又不去了？」
「就是他在我才不去的嘛！」
「怎麼？你們兩個有仇啊？」
「不是啦！我這樣滿臉痘痘，他看見了不笑死才怪！」
我盯著鏡子裡那張坑坑疤疤的臉，恨不得挖個地洞藏起來。尤其是又想起了班上那群大嘴巴男生給我取的外號，更是氣得快要吐血了。他們說什麼我臉型不錯，身高也高，就是滿臉花花的青春痘，竟然叫我「豆花妹」。
豆——花——妹——欸！我還有什麼臉見人哪？
「唉呀！我的小姐，滿臉痘痘有什麼關係？重要的是腦子裡有沒有東西。走啦！一起去看看。趙媽媽說很想你呢！」

老媽真是健忘欸！竟然會說「滿臉痘痘有什麼關係」這種話。我記得外婆說過，老媽當年也是只要臉上有顆痘痘就不出門的。而且我翻過她的相簿，竟然國中三年一張相片都沒有，也不知道是沒拍還是撕了。真奇怪！這種「見不得人」的痛苦，老媽竟然會忘了！

「媽，我真的不想去啦！」

「好吧！好吧！不去就算了。真搞不懂你們這些小孩在想些什麼。」

星期六、星期日我在家裡關了兩天。星期一才剛到學校，又被大喬逮住了。

「小艾，告訴你，我們解脫了！我媽說小孩正是要長大拉高的時候，整天吃那個減肥餐也不好。所以，我們家恢復正常了。不過，我和我弟弟都猜，大概是我媽也受不了那種整天想吃東西的感覺了。」

「哦！那你胖阿姨呢？」

「她啊！跑遍了什麼美容中心啦、瘦身機構啦，就是幫人減肥的那種地方嘛，精挑細選了一家公司，正在從事『修改上帝的錯誤』的偉大工程。她叫我們等著瞧，兩個月以後，婚禮的最佳女主角就要出現了！」

好啦！現在她們的問題都解決了，就是我的那些痘痘還賴在臉上不肯走。不知道有沒有什麼「滅痘」公司之類的地方，讓我一覺醒來，所有的痘痘都不見了，那該有多好啊！

一個月後，大喬興致勃勃的告訴我：

「小艾，我胖阿姨成功了欸！她簡直就像換了一個人似的，身材從蘋果

變成了葫蘆，看得我媽又心動起來了。」

「葫蘆？那是什麼東西？」

我問大喬。

「就是古時候，人家拿來裝酒的東西呀！你沒見過嗎？那我換個比喻好了。嗯……」

大喬用圓圓胖胖的手指，托住她那兩層軟軟的下巴，努力的想辦法讓我了解，她胖阿姨變得多麼漂亮。

「對了！你有沒有看過一個可樂廣告，就是一個外國男生到中國商店裡去，想買可樂的那個。他用手比劃那個可口可樂瓶子的形狀，結果老闆以為他……」天哪！又是廣告。大喬沒事專看廣告嗎？還好這個老掉牙的廣告沒再播出了，以前倒看過兩、三次。

「老闆以為那個外國男生看上了他的女兒。後來弄清楚這個外國人是來買可樂的，就用英文跟外國人說，這裡是五金行，不賣可樂。對不對？」

「對！對！對！就是這個廣告。」

大喬拚命點頭，然後興奮的說：

「我胖阿姨現在的身材，就像那個外國人畫出來的可樂瓶子一樣，該胖的地方胖，該瘦的地方瘦。哇！簡直就是魔鬼身材呢！」

「唔，不對呀！你剛剛說你媽又心動了，那她又開始要你們吃減肥餐了吧？你怎麼還是一副很快樂的樣子呢？」

我記得大喬上回吃減肥餐那副叫苦連天的樣子，我也很能體會那種嘴饞

得難受的感覺。上次因為怕長更多的痘痘，我強迫自己一個禮拜不能吃我的最愛——花生。那種想吃又不能吃的痛苦，甚至讓我覺得人生沒有什麼意思。

可是這次大喬看起來不但不難過，反而還有點……有點躍躍欲試的樣子，真是太奇怪了！

「唉呀！上回我是被我媽逼的，這次可是我自願的。你知道嗎？上個禮拜天，我跟我媽陪胖阿姨去試婚紗。天哪！身材好的人穿什麼都好看。像我這種腰像蘋果、屁股像梨子、肩部像胡蘿蔔的人，根本就找不到禮服穿！不過沒關係，只要我像胖阿姨一樣減肥成功，就不怕沒有漂亮衣服穿，更不怕有人會取笑我了。」

我本來以為大喬只是一時衝動，沒想到她竟然來真的。從那天起，她真的開始節食了。書包裡沒有零食，下課也沒去福利社報到。中午的便當，也是喬媽媽自己準備的，清一色的水煮青菜和少得可憐的幾口飯，頂多再加個淡淡無味的白煮蛋。甚至同學們好意請她吃餅乾、洋芋片什麼的，她也是吞口水搖搖頭，真的不吃了！

果然，皇天不負苦心人，大喬很快的就瘦了。蘋果、梨子、胡蘿蔔都不見了，她現在的身材，還真的有點像那個可樂瓶子呢！大喬得意洋洋的，把她在胖阿姨婚禮上拍的照片，拿來給班上的同學看。

唉！那些照片看得我是既羨慕又嫉妒，更誇張的是，大喬她還說：「我外婆和舅舅、舅媽他們幾乎認不出我來了！後來他們還鼓勵我，以後說不定可以代表國家去選世界小姐唷！」

回家以後，我把大喬的事告訴老媽。沒想到老媽輕描淡寫的說：「身材好又不能當飯吃，健康才是最重要的。再說當學生的人，最要緊的就是讀書，什麼世界小姐的，以後再說吧！」

什麼以後再說？其實根本就沒得說了，哪有滿臉豆花的世界小姐？我還是死心塌地的當世界小姐……的朋友，把選美比賽的希望，放在大喬身上吧！

可是，不幸的事情發生了！就發生在我以為未來會當選世界小姐的大喬身上。

那是星期四，中午吃飯的時候，我發現大喬一直沒有把她的便當蓋子打開來。

「大喬，吃飯了啦！你還在發什麼呆？」

我一邊啃雞腿，一邊問她。她用手摀住鼻子，悶聲回答我：

「我不想吃，我聞到那油油的味道就想吐。」

「想吐？你……」

我瞪大眼睛，看著她的肚子。電視上好像都是這樣演的。

「拜託！小艾，你的想像力太豐富了吧！你不要用那種眼光看我，我不是那種問題啦！」

「那你是怎麼回事？」

「我也不知道。以前是想吃想得要命，卻又不敢吃；現在卻是看到吃的東西就討厭，就算勉強吃下去，也會吐出來。我好像……好像生病了！」

「生病？你有沒有跟你媽……」我的話還沒說完，突然「咚」一聲，大喬一頭撞到桌面上，她昏倒了！

「大喬……大喬，你醒一醒哪！」

我嚇得不知道怎麼辦才好，只是在她身邊猛叫。不知道是誰，把班導和健康中心的護理人員都請來了。護理人員量量大喬的脈搏，又撥開她的眼皮用小手電筒照瞳孔。然後跟班導說：

「快去找車子，送她到醫院。」

大人們忙成一團。主任開車過來，老師和護理人員把大喬抬上車。大喬軟綿綿的，一點反應都沒有。連護理人員碰到她平時最敏感的胳肢窩，她都不理不睬。

「大喬，你不能死，不能死呀！」

我心裡這樣念著，同時跟在班導後面，想鑽進車子去。

「艾麗，你做什麼？」

班導被我弄糊塗了。

「我要去陪大喬。」

「老師陪她，你回去上課。」

「我要去陪她！」

平常我是不敢這樣跟老師說話的，可是今天我急了。我好害怕大喬會死掉，她是我最要好的朋友呀！

主任回頭叫我：

「快到前座來，我們要趕時間。」

可是到了醫院急診室，護理人員卻把我們擋在外頭。躺在病床上的大喬被推進一個房間裡。房門關上後，我看見上面掛著一張牌子：

「急救中」。

我忍不住哭了出來。班導拍拍我的肩膀：

「艾麗，這是怎麼回事？」

我抽抽噎噎的說：

「大喬說……她不想……不想吃東西。吃了東西……就想吐。又說……又說她好像生病了。我正想問她媽媽知不知道，話還沒講完，她就昏倒了。

老師，大喬會不會……會不會死掉？」

「沒事，沒事。醫生在處理了，你不要擔心。坐一下吧！我去打電話看美文的媽媽過來沒有。」

我在牆角的椅子上坐下來，心裡七上八下的，不知道大喬醒來了嗎？

我想起了一年級下學期剛轉學過來的時候，是大喬先跟我說話的。是她告訴我什麼時候去福利社，才不會因為人太多而買不到東西；什麼地方的廁所人比較少，不用排隊等很久，還有好多好多老師沒有教的東西，讓我這個剛從鄉下轉來的土包子，能很快的接受都市學校的生活。雖然大喬有點胖，功課也不是很好，但是她一直都是我最要好的朋友。

「大喬，大喬，你千萬不能死掉呀！」

想到這裡我坐不住了，正要站起來，就看見一輛救護車，喔咿喔咿的停在大門口。一群護理人員跑步過去，推了一個滿身是血的人進來。那個人躺著一動也不動的，臉色比紙還要白。我看了他一眼，趕緊把臉轉開，我不知道那個人是不是還活著。他們進急診室後，醫生跑著來了。一種焦急的、緊張的、不安的氣氛，瀰漫在整個急診室裡。

「艾麗！」

我嚇了一跳，回頭一看，是班導，還有喬媽媽。

喬媽媽看起來跟我去她們家的時候，完全不一樣。她眉頭緊緊的皺在一起，非常擔心的樣子。

「小艾，美文有沒有跟你說些什麼？」

「她說她不想吃東西，還說她好像生病了。」

「這孩子……」

喬媽媽正要說些什麼，我們卻聽到護理人員大喊：

「喬美文的親人在哪裡？」

我們全都走到門口，但是護理人員只讓喬媽媽一個人進去。護理人員告訴我們大喬已經醒了，她說：

「喬美文是嚴重的營養不良，才會變成內分泌失調。醫生說最好住院觀察幾天。她現在需要安靜休息，讓媽媽一個人陪她好了。」知道大喬已經醒了，又有喬媽媽陪著，我就放心的跟班導回學校上課。

大喬沒事了，我的心情卻還是很難過。一直到晚上躺在床上睡覺的時候，腦裡還在想那個滿身是血的人。他現在怎麼樣了？他的家人都到醫院去了嗎？他會不會死掉？

今天發生了好多事情，先是大喬昏倒，後來又看見那個滿身是血的人。我從來沒有這麼緊張過，有好幾次聯想到了死亡。我發現失去生命，就失去了一切！沒有父母，沒有朋友，沒有許光漢，沒有漫畫，沒有花生，沒有羅曼史小說。跟生命比起來，身材不好算什麼？滿臉痘痘算什麼？要活下去，才會有快樂呀！真的，就像老媽說的，健康才是最重要的啊！

星期六，我和班導去看大喬。她的臉色還是很差，不過精神好多了，可以坐在床上跟我們聊聊天。老師說：

「美文，你是胖了一點。但是你對人親切熱誠，常常幫助別人，班上的同學都很喜歡你呀！人哪，總是有自己的缺點；可是也有自己的優點啊！用

寬容的心去面對『身材不好』這個缺點，再好好的發揮你的優點，你一定可以過得很愉快的。」

「謝謝老師。我不會再自尋煩惱了！醫生跟我說，我要是繼續不吃東西，可能連命都會沒了。好可怕呀！胖子和死人，我還是當胖子比較好！再說……再說……」

「再說什麼啦！你怎麼變得這樣吞吞吐吐的？」

看見大喬有精神說這麼多話，我也很高興。可是這樣吊人家胃口，要不是她在病床上，我早就捶她一拳了。

「好！是你要我說的呵！再說小艾你身材高，功課棒，可是……一臉的青春痘，還不是煩惱得要命。所以，老天爺是很公平的啦！」

要是以前有人膽敢提起我的痘子，我鐵定當場就跟他翻臉，可是今天我卻笑出來了：

「你不說，我還忘記了。我已經兩天沒想起我的痘子了。」

「那你珍貴的鏡子呢？」

「不知道放到哪裡去了。」

「什麼鏡子？」

老師被我們弄糊塗了。大喬跟老師解釋：

「老師，你不知道小艾以前經常隨身攜帶一面鏡子，沒事就找她臉上痘子的麻煩。我們班的男生都叫她豆花妹呢！」

「好啦！別糗我了！」

我假裝要捶大喬，她笑著側身躲開了。

這時候又進來了兩個人，是大喬的胖阿姨和姨丈來了。胖阿姨真的圓圓胖胖的，像個渾圓的蘋果。她跟結婚照上面那個美麗的新娘，好像是不同的兩個人。可是旁邊的新郎比照片上的還帥，跟我的偶像許光漢真是太像了，害我差點拿出紙筆來請他簽名。

「天哪！胖阿姨，你怎麼恢復成原來的樣子了？」

大喬吃驚的問。

「結完婚又胖起來了。而且我被你嚇得不敢隨便節食啦！我想以後要減肥的話，還是到醫院找營養師開菜單比較好。」胖阿姨說。

「其實，我根本就不在乎你是胖還是瘦。」

大喬的姨丈一開口，我就失望了。他的聲音跟許光漢真是差得太遠了。

不過他的話卻是很有道理：

「不管是蘋果、梨子，還是胡蘿蔔，都是很有營養的食物。內在真的比外表重要，不管是胖是瘦，對我來說，你都是全世界最有魅力的女人！」

「啪、啪、啪……」

大喬姨丈的這番話，得到我和大喬熱烈的掌聲，連老師也對胖阿姨說：

「你嫁了一個好老公！」

看過大喬，我就回家了。一進門，看見趙伯伯和趙媽媽坐在客廳裡。

趙媽媽拉著我的手說：

「哎呀！一年不見，小麗愈來愈漂亮了。」

我不好意思的低下頭，卻忍不住四處瞄一瞄，看看除了趙伯伯和趙媽媽之外，還有沒有人一起來。

「別找啦，小麗！明育今天沒來。」

老媽真是一點面子也不留給我。我趕緊說：

「媽……人家又沒有要找他！」

趙伯伯不等老媽說話，笑著說：

「明育這小子，臉上長了幾顆青春痘就不出門了。說什麼班上同學叫他

『豆花王子』，丟臉死了！他怕你們會笑他，說什麼也不肯來。」

「哈！跟我們家這個一模一樣，死要『面子』。為了臉上的青春痘可以悶在家裡兩天，哪裡都不去！」

老媽又在拆我的臺了。不過，這次我大聲的說：

「我才不怕那些痘子！等一下我就跟趙伯伯和趙媽媽一起去看他們的新家，順便告訴趙明育，叫你王子算不錯了，我的同學還叫我豆—花—妹呢！」

這就是
愛情嗎？

粉紅色的紙飛機，乘著風的翅膀，由四樓往下滑，我和曉君趴在走廊的欄杆上，兩眼緊緊盯住紙飛機，一顆心跟著它忽上忽下，「咚！咚！咚！」的愈跳愈急。曉君一定比我還緊張，她兩手緊緊的握在一起，額頭也冒出汗珠來了。

「林鈴，你說飛機會飛到他們教室去嗎？要是別人撿到了拆開來看，該怎麼辦？」

「不會啦！上面清清楚楚的寫著『黃正新同學收』，別人撿到了一定會拿給他的。而且，我旁邊寫了『非本人請勿拆開』，要是別人敢拆開來看，我就找他算帳！」

雖然嘴巴上這麼說，其實我心裡一點把握也沒有。要是來陣不合作的風，誰也不知道紙飛機會飛到哪兒去。

本來我要幫她親自把信送到黃正新班上去的，可是曉君害羞，說什麼不好意思，要是給他們老師遇見了就慘了；而且把信摺成飛機飛過去「比較羅曼蒂克」。

這下好啦！現在這個「比較羅曼蒂克」的方式，讓我們兩個提心吊膽的站在這兒，祈禱著紙飛機能順利的飛到黃正新的手上去。

偏偏那架紙飛機好像故意在逗我們一樣，滑到了三樓，又乘風飄到對面四樓，再轉個小圈衝到二樓。然後鑽到那排大王椰子樹的背後，失去了蹤影。

「糟糕！紙飛機不見了，我們下去找找看。」

曉君拉著我往樓下衝。但是我們三步當作兩步跑，來到大王椰子樹下時

卻什麼也沒看見。

椰子樹腳邊的蟛蜞菊，綠油油的葉子像地毯一樣的鋪了開來，飛機會不會鑽到底下去了？我和曉君七手八腳的撥開葉子，吵醒了花朵上午睡的白粉蝶，卻連紙飛機的影子也沒看到。

「你們在找什麼呀？」

是黃正新班上的老師。他靠在門邊，雙手抱胸，張大眼睛瞪著我們。

曉君好像嚇呆了，一句話也說不出來，我趕緊胡謅了一句：

「我的鉛筆從樓上掉下來，好像就掉在這附近。」

「哦！找到了趕快回教室午休，免得下午上課打瞌睡。」老師說完後，便走進教室去了。

我們又找了一會兒，還是沒找到那架飛機。曉君急得快哭出來了，不停的問我：

「怎麼辦？怎麼辦？我媽要是知道我寫信給男生，不打死我才怪！」

「放心啦！只要我不講，你媽怎麼會知道你寫信給男生呢？」我試著安慰曉君。

「可是紙飛機不見了呀！要是被老師撿去了，一定會通知家長的。到時候，我媽就知道這件事了。」

「你先別緊張，說不定紙飛機掉進水溝裡了。這樣的話就沒有人會知道這件事啦！」

其實，我也知道曉君為什麼這樣緊張。我見過曾媽媽，哦！不！是張阿

姨。我見過張阿姨好幾次，她什麼都好，就是不能在她前面提到男生。她說天下烏鴉一般黑，男生都是大壞蛋。曉君只要好好讀書就好，將來做個快樂的單身貴族，不必受那些臭男生的氣。她要是知道曉君寫信給男生，說不定真的會把曉君打死呢！

可是曉君說她媽媽以前不是這樣的。那時候她和媽媽無話不談，大大小小的事她都會和媽媽分享。後來她媽媽和爸爸離婚，由曾太太變成了張小姐，脾氣也變了很多，因此曉君才不敢把心事告訴媽媽。不然，哪輪得到我做她的軍師？

曉君還以為我多想當呢！要不是看她那副失魂落魄、可憐兮兮的樣子，我才懶得管這件事呢！

這件事，要從第二次月考後開始說起了。考完試那天，老師帶我們全班同學到操場上「放牛吃草」。她說繃緊的橡皮筋不放鬆一下，是會斷掉的。所以這節課讓大家自由活動，鬆口氣，休息休息。於是有的人跳繩，有的人踢毽子，還有一群人拉著老師打躲避球去了。

我和曉君向來是形影不離的好朋友，我想拉她去跟老師打球，卻找不到她的人影。東張西望了半天，才看見她一個人蹲在操場邊的鳳凰木下，用小樹枝在泥土地上，不知道畫些什麼？

她畫得認真極了，連我叫她，她都沒聽見。我走過去看到了滿地的心！有破碎的心，有靠在一起的兩顆心，也有孤孤單單的一顆心；有大顆的心包著小顆的心；也有小顆的心圍成了大顆的心。

「我的天啊！曾小姐，你畫這麼多心幹嘛？」

曉君聽到我的聲音，急忙用樹枝把地上大大小小的心塗掉，一張臉變得好紅好紅，嘴裡還不停的怪我：

「你怎麼可以偷看我畫的東西？你怎麼可以偷看我畫的東西？」

「我才沒有偷看你畫的東西。我叫你叫了半天，你都不理我。我想走近一點再叫，就看到你畫的心啦！」

我覺得曉君好奇怪，一個人躲在這裡不跟大家一塊玩，畫的東西連我都不可以看。真是搞不懂她。

「曉君，你怎麼啦？」

「我……我告訴你，你不可以告訴別人！」曉君吞吞吐吐的，好像真的有什麼大祕密的樣子。

「好！我絕對不會告訴別人。你不放心的話，我們來打勾勾好了。」

等我們用小指勾勾，再用大姆指蓋印後，曉君終於低著頭，紅著臉，小聲的說：

「我……我……我戀愛了！」

「你戀愛了？真的嗎？他是誰？我怎麼不知道？」

我們常常一起談論自己心目中的白馬王子，曉君常說我的眼光很奇怪，喜歡的都是些運動明星。她的王子一定要又高又帥，而且要有許光漢的眼神、周興哲的笑容和劉以豪的親切才行。現在這個集好幾位明星特點的人出現了，我急著想知道他到底是何方神聖？曉君卻說：

「你叫那麼大聲，大家都聽到啦！我不跟你說了！」

「好！好！好！我小聲，我小聲！你快跟我講嘛！」

曉君原本不肯再說，後來禁不住我的追問，還是說了。

「就是……就是一樓那六年九班，個子最高，排隊總是排在最後面那個人呀！我也不知道他叫什麼名字啊！」

「六年九班，個子最高的，你是說黃正新？」

「黃正新？怎麼寫啊？你認識他嗎？」

現在換曉君著急了，我原本想逗一逗她，可是看她那副樣子……算了！跟她說吧！我一面用樹枝在地上寫「黃」、「正」、「新」三個大字，一面告訴她：「他可是個風雲人物呢！代表學校參加演講比賽，又是躲避球校隊的隊長，我只知道他的名字，並不認識他。」

接下來的這段日子，曉君真的是失魂落魄，心神不寧的，下課鐘一響，她就拉著我往一樓跑。若無其事的在六年九班的走廊上晃。見到了他，也不敢上前去講話，卻像中了頭獎一樣高興；沒見到他，就像掉了錢似的，悶悶不樂的回教室。有一次，正好看到他跟他們班上的女同學說說笑笑的，曉君回到教室竟趴在桌上哭了出來。上課時間也好不到哪裡去，

老師叫她好幾次，她都沒聽見，鐵定沒有專心聽講，翻開她的課本來看，空白處畫滿了大大小小的愛心之外。還寫了一堆黃正新、曾曉君。她呀！簡直就像中了魔法一樣。

老師大概也發現情形不對，找了曉君好幾次去個別談話，曉君總是推說沒事，還警告我要是敢跟老師說出半個字，就要跟我絕交。本來想跟老師求救的我，也只好替曉君守住這個祕密。

有時候我會想：這就是愛情嗎？如果愛情真的這麼痛苦，我寧願我的白馬王子永遠不要出現才好。曉君也跟我說：「戀愛好辛苦呀！沒見到他時，就好想好想他，見到了他又慌得手腳不知道放在哪裡好。」

「林鈴！你說我該怎麼辦？我該怎麼辦？」

天曉得她該怎麼辦？我也沒談過戀愛呀！不能告訴她媽媽，又不敢跟老師說，那……那……直接去找黃正新好了，看他願不願意跟曉君交朋友。

「不行！不行！」曉君拚命的搖手，她說：

「那多難為情呀！要是他說不要，我不被別人笑死才怪！」

「不然，寫紙條好了。你寫張紙條，我幫你拿過去給他。」

「拜託，現在都用智慧型手機了，還有人寫紙條嗎？」

「問題是你沒有他的手機號碼，更不是他的好友。寫紙條最快啦！」

這個主意終於讓曉君點了頭。可是她一直到今天早上才把寫好的紙條拿給我。喔！那不能叫做紙條了，應該可以叫……叫做「情書」了。它被裝在一個粉紅色，帶著淡淡香味的信封裡。曉君說她花了好幾天的時間，跑了好

多家書局、文具店，才找到這個讓她滿意的信封，和信紙還是成套的呢！昨天又花了整整一個晚上的時間才把這封信完成，所以拖到今天才把信帶來。

可是她竟然不肯讓我看信的內容，說什麼只要我把信交到黃正新手上就行了。是不是所有談戀愛的人都這麼「只見新人笑，不見舊人哭」呢？我當然不接受這種待遇，我說：「你要是不給我看，我就不幫你傳。」

「可是信封已經封起來了呀！」曉君還在找理由拒絕我。

「放心！我會很小心很小心的拆開來，看完再很小心很小心的封回去。」

曉君沒辦法，只好答應讓我看了。午休時間，我們兩個躲在教室外面走廊的角落裡，我看到了「情書」的內容。

黃正新：

你大概還不認識我，我先自我介紹一下。我的名字叫曾曉君，是一個默默喜歡你的女生。我常常在遠遠的地方看你，我覺得你真的好帥呀！你願意和我交朋友嗎？請把回信放在操場邊那棵鳳凰木底下的樹洞裡。請不要拒絕我好嗎？

曾曉君上

※請你一定要回信！

「哇！好好玩呵！」我看完了這封情書，故意捏著鼻子念：

「我的名字叫曾曉君，是一個默默喜歡你的女生。我常常在遠遠的地方看你，我覺得你真的好帥呀！」

「討厭啦，你！」

曉君一拳捶在我的肩膀上，接著第二拳就要落下來了。我急忙用手保護肩膀，一不小心，那個粉紅色的香水信封，就被我撕去了一角。

「對不起！對不起！我不是故意的啦！誰叫你自己要打我，現在怎麼辦呢？」

我急著跟曉君道歉，她現在反而不捶我了。只是靜靜的看著那個破信封，眼淚一滴一滴的掉了下來。

「唉呀！你別哭了啦！我現在就幫你送信。」

這是我第一次看見曉君哭，是不是戀愛的人都比較愛哭呢？我也不知道。只是她這樣一哭，我就緊張起來了。為了安慰她，我想還是趕快把信送下去好了。

沒想到曉君卻搖搖頭，她擦乾眼淚，恢復平靜。她說和信紙成套的信封破了，只拿信紙去，沒辦法代表她的真心誠意，她要想個特別的、羅曼蒂克的方式把信送下去。於是，粉紅色的紙飛機出發了。可是現在，它不見了！

「怎麼辦？怎麼辦？」曉君抓著我拚命的問。

說真的，我也不知道怎麼辦才好呀！要是被哪個人撿走了，他會拿給黃正新嗎？還是打開來看了以後，再拿給我們老師？我們老師要是看到了信，她會怎麼處理呢？她會告訴曉君的媽媽？張阿姨會……我不敢再想下去了！我看，先去向老師自首算了！

我把曉君拖到辦公室門口，她甩開我的手說：

「我不敢進去，你幫我跟老師說好了！」

「那怎麼行？女主角是你，不是我欸！」我再拉起她的手。

「唉呀！幫幫忙啦！反正這件事你跟我一樣清楚啊！」

曉君和我在門口推推拉拉的，早就被老師看見了。她在裡面向我們招手招了半天，曉君就是不肯進去。

「找我有什麼事？」老師竟然走出來了。我急忙說：

「老師！曉君有事要告訴你！」

「沒有啦！沒什麼事啦！」曉君拉著我想走。

「沒事？那陪老師散散步好了！」

老師帶著我們走到操場邊的鳳凰木下。一陣陣涼爽的風把我們留了下來。

「林鈴！你說，有什麼事？」

老師真厲害，她把我們帶到沒人的地方來，曉君就不會不好意思說了。可是，她怎麼問起我來了？

「不是我啦！是曉君的飛機掉了！」

「飛機？什麼飛機？」

既然說出來了，就說清楚些吧！我一口氣把所有的事都告訴老師了。曉君沒叫我不要說，她低著頭，一直用腳踢地上的一顆小石頭。

老師聽我說完了，轉過頭去問曉君：

「林鈴說的全是真的嗎？」

曉君的頭點了一下，還是看著地上不敢抬起來。我緊張的看著老師，不知道她接下來要說什麼？

「心裡頭覺得又痛苦又快樂，是不是？」

這是哪一國話？老師竟然沒說「你們年紀還小，現在談戀愛太早了」，也沒問：「你媽媽知不知道這件事？」我真搞不懂老師在想些什麼？可是曉君卻抬起頭來了，她看著老師，好像不再那麼害怕。她點點頭，問老師：

「老師，您怎麼知道呢？」

老師笑了笑，說：

「想不想聽我的故事？」

故事？當然想啊！我和曉君坐在樹旁的階梯上，兩個人四隻眼睛盯著老師不放。老師靠著階梯，眼睛看著遠遠的天邊，回到了她還是國小六年級的那個時光。

「六年級的時候，我們班分成男生國和女生國。下課時間兩國一說話就吵架；上課時也想盡辦法防止老師要我們兩國接觸，兩人共用的桌子上，每一張都畫了不准超越的直線。跳土風舞要拉手時，一定會拿根樹枝一人拉一頭。下學期，來了一個轉學生，卻打破了兩國的界線。他是個男生，躲避球打得很好，很快就在男生國交了一大群朋友。不過，他對女生也很有禮貌，總是笑嘻嘻的，不像其他男生老是拿毛毛蟲嚇人。我很喜歡他，卻不敢跟他講。為了怕別人知道我喜歡他，表面上我還裝作很討厭他的樣子。他跟別的女生講話，我心裡就氣得要命；他要是跟我笑一下，我又趕緊別過臉去，怕他知道我快樂得發抖。就這樣恍恍惚惚的過了一學期，畢業典禮那天，我想到以後再也不能天天看到他了便哭得唏哩嘩啦的，以為自己再也活不下去了。」

講到這裡，老師不好意思的笑了一笑。我吐吐舌頭，心裡想：這就是愛情嗎？一會兒氣得要命，一會兒快樂得發抖，是怎樣的感覺呢？曉君大概很了解這種感覺，她一邊聽一邊點頭，老師停下來了，她還急著問：

「後來呢？」

「後來？」老師接下去說。

「後來就上國中啦！日子久了，慢慢的也就沒什麼感覺了。去年我們開

國小同學會，他也來參加。還帶著女朋友呢！我一點都沒有酸酸的感覺，大家聊得好愉快呵！可能是長大了吧！我覺得他呀！當普通朋友是很好，要當『男朋友』嘛，好像還缺少一點什麼！」

「那……老師！您真正的男朋友是誰呀？」我想趁這個機會，問問這個全班都感興趣的問題。沒想到老師眨眨眼睛說這是最高機密。我本來還想再問下去，曉君卻拉著我跟老師說再見，她想再到椰子樹下找那架粉紅色的紙飛機。

「你這麼緊張做什麼？現在老師全都知道了，就算有人撿到了拿給老師也沒關係呀！」我坐在階梯上不想起來，曉君還是拉我起來，她說：

「我現在是怕有人撿到了拿給黃正新，說不定我長大了也覺得他缺少一點什麼，那怎麼辦？」

唉！真是麻煩！難道曉君就這樣把黃正新忘了嗎？

「沒有啊！我還是很喜歡他啊！可是我覺得現在告訴他，好像太早了一點。」曉君這麼說。

好吧！就再陪她去找找看好了，誰教我是她的軍師呢！只是我心裡還在問：

「一會兒要，一會兒不要，這就是愛情嗎？」

君子之爭

真的沒想到，萬萬想不到，阿強竟然會在這個時候，要轉學到新竹去。

阿強急著集合我們「五虎將」到操場邊的鳳凰木下，就是要告訴我們這個消息。他說：

「我老爸的公司在新竹成立了一家工廠，派他去當廠長。他跟我媽商量的結果，是全家一起搬過去住。所以下星期一他們就會到學校來，幫我辦轉學。以後我們大概不能再一起打球了。」

「你怎麼可以丟下我們不管呢？隊長都跑了，我們還打什麼球？」

猴子的反應快，說話也比別人快半拍。接著說話的是捲毛。操場的風大，把他一頭自然捲的美髮，扯得像堆稻草。他一邊按著頭髮，一邊說：

「我們五虎將少了你這最厲害的一隻老虎，不就變成病貓了嗎？」

阿強沒說話，我想他是不知道該說些什麼才好。過了一會兒，大胖也說話了。

「上星期從彰化回來，龍頭才跟大家講好，要狠狠的苦練一年。六年級的時候，要把冠軍盃從展鵬的手裡奪回來的，難道你忘了嗎？還是亞軍你就滿足了？」

展鵬國小和我們思源國小，是國小男生躲避球的南北雙雄。每年全國的躲避球大賽，最精采的就是我們兩隊的冠亞軍之爭。去年六年級的學長，輸給了他們，今年我們出發的時候，龍頭信心滿滿的告訴大家：

「今年我們實力堅強，一定可以把冠軍盃抱回來的。大家要有信心！」

我們確實是實力堅強，新北市這麼多國小的球隊，都是我們的手下敗

將，能爭取到新北市的代表權，表示我們沒有辜負思源的傳統。但是我們運氣欠佳，在和展鵬對陣的重要關頭，明明已經把他們殺得只剩兩個，眼看就要剃他光頭了，竟然會發生誤傳，讓球滾到場外，給展鵬一個起死回生的機會。

接下來的慘況，我到現在都不忍心去回想，反正突然間一切都不順手了。他們內場人越來越多，我們人卻越來越少，最後連一向最靈活的猴子也被轟出場，我們就知道，煮熟的鴨子飛了！

雖然說「男兒有淚不輕彈」，可是那個晚上在飯店，我們五虎將還是躲在浴室裡哭個痛快。吃飯時，我也發現龍頭有點強顏歡笑，他是怕我們太難過，才說了那些「聽了也笑不出來」的冷笑話逗我們的。

「龍頭」就是我們的教練龍浩天老師，他帶領思源的男生躲避球隊，整整有五年的經驗。畢竟「薑是老的辣」，在回來的火車上，他就恢復信心了。他跟大家說：

「不要一副愁眉苦臉的樣子，我們輸得起！回去狠狠練他一年，六年級的時候，一定要把冠軍盃抱回來！」

當時大家的心情被龍頭鼓舞起來，每個人都發誓要好好練球，明年再來「給他好看」。

可是現在，我們的隊長，主將——阿強，竟然在這個大家最需要團結，一起努力的時候，要轉學了。我能說什麼呢？

「小乖，你說話呀！」猴子推推我。

「說什麼都沒用！又不是阿強自己要轉的，對不對？」我看著阿強說。

他猛點頭：

「對！我也不想轉。可是我爸說，這是他等了很久的機會，而且新竹又不是沒小學，為什麼我不能轉？他一點都不了解我想打球的心情，還說明年就六年級了，該收收心啦！不然上了國中，功課怎麼辦？」

看來，我們是沒辦法改變這個事實了。不過，龍頭或許有辦法。我跟大家提議：

「我們去跟龍頭講！」

龍頭「啊」了一聲，嘴巴張開，久久不能合攏。他那表情，就跟看到我們輸球的時候一模一樣。過了好一會兒，他才摸摸臉頰，問阿強：

「你有什麼想法？」

「我也不知道。我是真的很想跟大家一起去把冠軍盃抱回來。可是，我又不可能一個人留在臺北。」阿強說。

龍頭點點頭。

「對！小孩子應該跟父母一起住才對。如果你的爸爸媽媽已經決定了，你還是一起去新竹吧！不過，打球鍛鍊身體是好的，而且在球隊裡還可以學到一些課本上沒有的東西。去到新竹後，如果有機會參加學校躲避球隊，還是應該跟爸爸爭取一下。是不是？」

星期一，阿強真的轉學了。龍頭竟然要我接替隊長的位置！

「老師，我行嗎？」

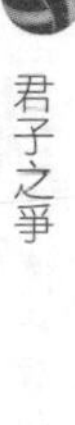

「當然行！少了阿強，你們湊不成五虎將，還是可以改稱『四大天王』呀！跟其他同學繼續合作，培養默契，苦練球技，我們還是很有希望的。」

是的，少了阿強，我們的球還是得繼續練下去。每天八點正式上課前，四點放學後，龍頭帶領著我們躲避球隊的同學，晒太陽，淋小雨，吹寒風，一步一步的向冠軍盃邁進！

這樣練到了期末，一個比失去隊長更嚴格的考驗，在等著我們。

那是六月初的一個早晨，龍頭提早十分鐘結束練球。我們全隊在司令臺上擦汗、喝開水，聽龍頭說話。這本來沒什麼特別的，可是龍頭的樣子，讓我們覺得怪怪的。他一向是大聲罵人、大聲說笑話，有什麼說什麼的，這天卻嗯嗯啊啊了老半天，才問我們：

「我有一個好消息，一個壞消息，你們要先聽哪一個？」

「好消息！」全隊異口同聲的說。

「那我就先說好消息啦！我——要——結——婚——啦！」

「嘩！」

好多人叫了起來，還有人把毛巾向空中拋去。

我想起了常煮冬瓜茶、綠豆湯給我們吃的陳老師。

「老師，新娘是不是二年級的陳美雪老師？」我問龍頭。

「欸！你們挺厲害的，一猜就猜中了。」

「哎呀，綠豆湯吃多了，就知道了嘛！」猴子說完朝大家眨眨眼睛。

捲毛接著學電視廣告中的人說：

「老師，金幣給我們，夏威夷你們去就好了。」

全隊都笑了起來。龍頭要結婚了，大家都很高興。因為我們一直都把他當哥哥看。再說，陳老師有事沒事就給我們進補一下，我想「邁向冠軍之路」一定會更順利的。

大家笑過了，大胖問龍頭：

「那壞消息呢？」

龍頭臉上的笑容不見了，他看看大家，一個一個的看，最後才說：

「結婚以後，我們決定調回南部老家附近的學校，不能再教你們了。因為老師的爸媽年紀也大了，我想……」

「不能再教你們了！」我只聽到這句話，其他的，龍頭還說些什麼？我一個字也沒聽進去。我想其他人一定也跟我一樣吃驚，每個人都停下了手上的事情，呆呆的看著龍頭，一副被嚇呆的樣子。

「怎麼可以這樣呢？怎麼可以這樣呢？」

我心裡不斷的問，嘴巴卻說不出來。就算上次看到展鵬的隊長，把冠軍盃抱走的時候，就算阿強在他爸爸轎車裡跟我們搖手的時候，我都沒有現在這麼難過。我不但難過，還有一種不知道怎麼辦才好的感覺。教練都跑了，我們這個球隊，還有什麼希望呢？

可是龍頭叫我們千萬不要洩氣，真正下場打球的是球員，又不是教練。再說，他也替我們找到了「一個真正的教練」，所以我們可以「放一千兩百萬個心」。

這個新教練不是別人，正是我們的學務主任高丁貴，我們都叫他「高怪」。聽說他在當主任以前，一直是躲避球隊的教練。後來當了主任，才因為沒有時間而不再訓練球隊。龍頭說：

「就是因為高主任沒有時間，才輪得到我來當教練。高主任絕對比我還行，你們只要跟他合作，繼續努力，冠軍還是很有希望的。」

學期的最後一天，我們在球場上辦了一個惜別會。龍頭、陳老師，還有高怪都來了。沒有人願意先提起這個惜別會舉辦的原因，大家盡量裝得跟平常一樣。搶飲料喝，大聲說話，推來推去，跑來跑去，好像沒什麼特別的事情一樣。可是有一股怪怪的感覺，讓我笑得並不開心，吃得很不舒服。我看其他人也是一樣，只是沒說出來而已。最後還是龍頭忍不住了，他說：

「各位同學，『一日為師，終身為父』。雖然我不是你們的老爸，但我永遠是你們的老師。回到南部，我一樣會牽掛著大家。希望你們好好聽高主任的話，為我們的共同目標而努力。打敗展鵬，勇奪冠軍！」

這些話，讓好多人都低下頭來擦眼淚。我們「四大天王」更是激動得說不出話來。

然後，暑假開始了，高怪陪著我們練球。他一再的強調「團隊精神」：

「躲避球不是個人賽，少數幾個人行還不夠，每個人的基本動作都要扎實，才能做到滴水不漏的防備。還有更重要的是，不能有個人英雄主義，不然再好的防備也是白搭！」

所以，我們「四大天王」是他最先約談的對象。他提醒我們，雖然我們

四個都「身懷絕技」，但有時候其他同學的位置、角度更適合攻擊，所以還是要傳球給別人。

在高怪面前，我們誰也沒有吭聲。私底下，卻是「口服心不服」。

有一天，大胖又被高怪指責逞個人英雄主義。我看得出來，大胖心裡很不痛快。

他不能說出口，只好用那對牛眼睛瞪著高怪的背影，久久不放。

那天練完球，我們去速食店喝飲料、吃炸雞。照例又是猴子最先說話：

「高怪真是愈來愈搞怪了！大胖明明就把內場的那個人轟出去了，他還不滿意，囉哩囉唆一大堆。他到底要怎樣嘛？」

「我知道，他就是看我不順眼，討厭我！」大胖忿忿不平的說。

捲毛邊梳頭髮邊說話：

「不會吧！你又沒得罪他，他幹麼討厭你？小乖，你說呢？」

「我覺得高怪確實很嚴格，不過他的目標是我們四個，不是大胖自己。就像他說的，我們四個人的小團體，會影響到整個球隊的團結。因為我們打球的時候，只看到我們自己，沒看到其他的隊員，不能做出最好的決定。這

是我們輸球的最大原因。」

「你是說上次輸球是我們害的？」猴子問。

「不是！我是說如果我們也會傳球給別人的話，我們就會贏了。」

「可是他們常常漏接呀！」捲毛說。

「所以高怪才加強大家的基本訓練呀！」我說。

大胖好像不同意我的想法，他說：

「小乖，我不知道你在說些什麼，我只知道高怪不喜歡我。哼！我不喜歡他，我喜歡龍頭。」

一提到龍頭，就沒有人再說話了。要是他沒調走，鐵定會跟我們一起來喝飲料，而且幫我們出錢。唉！雖然我不討厭高怪，但是我也好想念龍頭啊！

其實，剛開始我也不太喜歡高怪的。不過當我把這種感覺，告訴班導徐老師時，她說這是我太想念龍頭的關係。

「你想念龍老師沒關係，但別忘了你們一起定下的目標。你現在應該去發現高主任的優點，再影響其他同學，讓大家和高主任好好相處才對。」

我一向很聽徐老師的話，因為當初參加躲避球隊的時候，老爸非常反對，說是會影響功課，不能參加。是徐老師大力支持，保證參加球隊功課不會退步。如果退步，她就當我的免費家教，義務指導，才說服老爸的。

這件事我一直記在心裡，所以我聽徐老師的話，好好的觀察高怪。後來我真的發現高怪的一些優點，他是真心要和我們一起拿下冠軍的。

可是要影響其他同學，我就有點力不從心了。捲毛還好，猴子和大胖卻

好像跟高怪有仇一樣，就是不肯跟他合作。

後來還是高怪自己把這個心結打開了。

那是剛開學的時候，高怪覺得我們的基本功夫已經有八十幾分，可以開始要一些花招了。

高怪最搞怪的花招就是「斜眼」。他的眼睛盯著內場左邊的幾個人，一副要把他們吃下去的樣子。那幾個同學嚇得要命，急著往其他方向分散。突然，高怪出手了，又快又狠的一球，穩穩的往右邊那個角落打去。「碰」的一聲，有個人沒躲過這球，被請出場外去了。他還莫名奇妙的問：

「不是要打那邊嗎？怎麼跑到這邊來了呢？」

這個怪招，連靈活的猴子都躲不過。每個在場內的人都緊張得很，根本摸不清楚，高怪的球會往哪邊掃去，要怎麼躲呢？

我們在學這個絕招的時候，真是笑話百出。有的人眼睛看這邊，球打那邊是沒錯，但球卻專往沒人的地方跑；有的人姿勢擺得很好，球要出手前，眼睛又往打的方向看了。

「拜託，練得我眼睛都快抽筋了！」捲毛又在抱怨了。

一向愛耍帥的捲毛，很不喜歡這個招數，因為他一斜眼，嘴巴就會歪，他覺得超難看的。不過其他的人，倒是蠻喜歡的，他們說：

「真是酷斃啦！」

尤其是大胖，他說把這招學起來當祕密武器，三兩下就可以把展鵬的內場剃光頭了，所以他非常認真練習。而且高怪也發現大胖不但認真，他耍斜

眼的時候，臉上的表情還是十分自然，對方內場的人，一點警覺性也沒有。所以高怪把大胖當成他的「傳人」，特別調教。他們倆的緊張關係，就這樣無形的化解了。

至於猴子，被高怪的球打了幾次之後，就對他佩服得五體投地，決定好好的拜師學藝。他說：

「技不如人嘛，有什麼辦法呢？」

終於，我們這個球隊又像以前一樣，大家一條心了。如果說龍頭像大哥哥一樣親切的話，我覺得高怪就有點像爸爸了。他比較有威嚴，不常笑，不過我還是可以感覺得出來，他跟龍頭一樣關心我們。

就在我們的「斜眼絕技」練得有點熟，又不太熟的時候，市內的躲避球賽開始了。我們過關斬將，有驚無險的爭取到新北市的代表權。全隊士氣高昂，準備寒假之後，在全國大賽的球場上，痛宰展鵬，贏回冠軍盃，報去年的「一箭之仇」！

寒假中，除了春節那段時間之外，其餘的日子，我們每天都抽出半天的時間，到學校練球，等到寒假結束，那個我們「既期待又怕受傷害」的一天，終於來了。今年的全國比賽，在桃園舉行。開幕典禮選手進場的時候，我特別去找白色上衣滾藍邊的運動服。展鵬的隊服就是這種顏色，希望他們確實有來參加比賽才好，不然我們要怎麼報仇呢？

「你看，展鵬在那邊。」

排在我後面的大胖，拍拍我的肩膀，手指頭指向最右邊的那一隊。

沒錯，展鵬真的來了！他們的隊員跟去年差不多。那個又瘦又高的，我們叫他「竹竿」；那個戴眼鏡的，我們叫他「田雞」；那個瘦瘦小小，皮膚很黑的，我們叫他「黑人」。還有那個斯斯文文，漂亮得有點像女生的隊長，我們叫他「小姐」。他們都來了！當然，他們那個去年在場邊又叫又跳，又罵又笑的「雷公」教練，應該也來了吧？

我從他們的隊伍前面往後看，球員沒變，那個領隊的女老師沒變，可是「雷公」不見了！我看了兩三遍，還是找不到他。是不是他們也換教練了？也好，這樣才公平嘛！

現在，站在他們教練位置上的，是個高高瘦瘦的男老師，他的側面看起來很面熟，讓我想起了一個人。我轉身叫大胖：

「你看他們的教練。」

「龍頭！」

大胖叫了出來！還好有其他的隊伍出場，前進的音樂把他的聲音壓住了。

「你會不會看錯了？」

我不死心的問大胖。他瞪了我一眼：

「當然不會，不相信的話，你自己再看看嘛！」

我是不相信！我不相信大胖的眼睛，我也不相信自己的眼睛。怎麼會呢？龍頭怎麼會去當展鵬的教練呢？一定是我們看錯了！

可是事實證明，我們沒有看錯。開幕典禮結束，離第一場開打還有十分

鐘，我們在場邊做暖身操。龍頭過來了，他穿著藍色滾邊的展鵬隊服，除了皮膚黑一點之外，看起來跟以前沒差多少。

操場上的風有點冷，冷得我們都不想說話。只有高怪和龍頭說話，他們像很久沒見面的老朋友又碰頭了一樣，有說有笑，還兼比手畫腳。

高怪真的很怪，難道他一點都不生氣？我可是氣得快發瘋了。我覺得龍頭簡直就是……「叛徒」！思源的叛徒！第一場球賽開打，龍頭沒有留下來看我們，大概是展鵬也有出賽吧！

這一場球我們很快的就把對方解決了，外場的球又快又狠又準，連「斜眼」的絕招都還沒使出來，就像疾風掃落葉一樣，把他們內場的人，通通送到場外去了。我們內場的人也很爭氣，左閃右躲，沒幾個人被球打到。

這天我們就這麼「一路殺到底」的，把對手都解決掉，以勝部冠軍的地位，等待明天的決戰。

這或許應該感謝龍頭，我們把對他的怒氣、怨氣，全都發洩在丟出去的球上。更重要的是，我們一定要贏，不能輸，不能再讓展鵬看扁我們。

當然，我們也很關心展鵬的比賽，不過我心裡也很矛盾，一會兒希望展鵬輸，輸得連敗部冠軍的資格都沒有，這樣我們就不用面對龍頭。一會兒又希望展鵬贏，這樣明天我們才有對陣復仇的機會。翻來覆去想了又想，我不知道自己什麼時候變得這麼婆婆媽媽的了。

尤其是第二天，展鵬跟地主桃園爭敗部冠軍的時候，我更是不知道把心放在哪裡才好。

高怪要我們全隊在場邊觀戰，他說：

「知己知彼、百戰百勝，不管誰是敗部冠軍，我們都可以藉這場球賽來多了解他們一些。而且龍老師他們跟地主隊比賽，啦啦隊方面，一定比不過人家。我們應該去支援一下，對不對？」

猴子吃驚的問：

「主任是說，我們應該去幫展鵬加油？」

其他人也一副「有聽沒有懂」的樣子，看著高怪。

高怪看到大家的表情，問我們：

「有什麼不對嗎？」

「當然有！展鵬是我們的死對頭啊！」

我想大胖大概是忍不住了，他的聲音好大。

「是啊！就是因為有這個死對頭，過去的一年，我們大家才能這麼團結一致，全心全意的練球。說起來，應該謝謝他們才對。」

高怪還不是普通的怪，這些莫名奇妙的話，聽得我滿頭霧水。我想全隊裡，大概沒有誰聽得懂的。不過，大家還是到場邊去看了。

站在場邊，我忍不住偷偷的去看龍頭。他全神貫注的在場邊指導，一會兒為展鵬大聲叫好打氣，一會兒又破口大罵要他們注意力集中一些。那樣子，跟去年帶我們的時候完全一樣。

我心裡好難過！讓他這麼關心愛護的，應該是我們呀！怎麼會變成展鵬了呢？心裡浮現一股怨氣，又直衝到腦門來了。

這股怨氣弄得我心浮氣躁，一直靜不下心來。等到展鵬打敗了桃園，要和我們展開冠亞軍之爭的時候，我更是激動得想早早把展鵬收拾掉，讓他們見識一下思源的厲害，也讓龍頭嘗嘗「背叛的滋味」。

不知道是我的急躁影響了大家，還是大家本來就都有一股怨氣在心中，從我和「小姐」跳球開始，我們的表現就只能用「急得亂七八糟」來形容。

跳球時，急得兩次都「偷跑」，裁判還沒拋球，我就起跳了，還好第三次成功的把球撥給猴子，傳到外場。外場的表現很糟，沒人傳球，每個人拿到球就急著出手，根本就沒有「戰法」可言。偏偏出手又打不到人，反而球不是漏接出場，就是被展鵬攔走。連大胖的斜眼也失了準頭，每次球到我們手裡不到三秒鐘，馬上又被展鵬搶去。內場稍微好一些，但是球大部分都在展鵬手上，我們跑到後來，就像無頭蒼蠅一樣，只有挨打的份。

這種失常的「秀逗」表現，讓一向穩如泰山的高怪也急得跳腳。我還聽到場邊的觀眾在問：

「有沒有搞錯？這是昨天的常勝軍思源嗎？」

當「時間到」的哨音響起，內場只剩下我和猴子兩個人。我知道，我們輸了，輸給展鵬了。

因為我們是勝部冠軍，所以雖然展鵬贏了這一場，但是還要再打一場，來決定勝負。裁判宣布最後的這場大戰，將在下午兩點開始。

場邊的人走光了，高怪把我們集合起來。他沒有罵人，只說：

「你們太急了！」

然後，龍頭走了過來。我不知道他來幹什麼？「貓哭耗子」罷了。龍頭跟高怪說：

「我想跟孩子們說說話。」

高怪拍拍他的肩膀：

「先吃飯吧！吃過飯再說。」

我搞不清楚龍頭要跟我們說些什麼？他能說什麼呢？要我們好好的打，

把展鵬打敗？還是繼續失常的表現，好讓展鵬蟬聯冠軍？我不想再聽他說些什麼了！

可是中午吃過飯，他還是來了。

我們坐在球員休息室裡，頭好像有千斤重一樣，全隊沒有一個人，抬起頭來看他。

像往常一樣，龍頭背靠著黑板，準備跟我們長談。他說：

「我知道，你們都在生我的氣。對嗎？」

沒有人回答他。過了一會兒他才說：

「其實，我也不想調到展鵬去的。可是我家附近的學校都沒有缺，陰錯陽差的就進了展鵬。剛開始，我也沒有和躲避球隊接觸。可是後來，我好想

你們，忍不住的，就在旁邊看他們練球，好像看到了你們。」

我不想聽，可是龍頭的話，還是一句句的傳到耳朵裡。他說到這裡，我心裡想著：

「少騙人了！想念我們，還會帶展鵬來打我們？」

還是沒有人回答他。不過龍頭不管我們的反應繼續說下去：

「因為我常常去看，我發現，他們跟你們一樣努力，一樣認真。為了全國第一名的冠軍盃，在南部熾熱的太陽下，每個都晒得像木炭一樣。他們讓我想起了和你們相處的日子，那段一起淋雨、一起吹風，一起晒太陽的日子。漸漸的，我有了一種想法。這麼相像的兩群孩子，應該可以成為好朋友的，為什麼現在卻像仇人一樣？我想了很久，開始覺得，名次應該不是最重要的。

重要的是過程，全隊彼此交心，同甘共苦，一起奮鬥的過程。還有，各縣市代表一起切磋、互相觀摩的過程。名次真的不是最重要的。」

向來最崇拜龍頭的大胖說話了。

「你是說，是不是冠軍都沒有關係嗎？」

「不是沒關係。能爭取到冠軍當然最好，但是不要讓這件事影響到自己平時待人處世的態度，才是對的。」

龍頭繼續說下去：

「有了這個想法之後，我開始接納展鵬的孩子。相處之後，我發現了更多你們相同的地方。一樣天真、一樣活潑、一樣可愛。所以當他們的教練，因為個人的原因，辭去教練工作後，我就接受了學校的聘請，當球隊的教練。

我希望自己能在中間，為你們搭起一座友誼的橋梁，讓你們是球場上的對手，生活中的朋友。」

突然，猴子冒出一句話：

「搭起友誼的橋梁！老師，你要改行當紅娘嗎？」

大家都笑出來了，而且笑得有點誇張。其實這句話的笑點不知道在哪裡，可能是大家都已經原諒龍頭了，又不好意思說出來，只好用笑的吧！

龍頭卻被我們笑紅了臉，他說：

「你們早就知道我不會講話了嘛！不過這些真的都是我的真心話，我想告訴你們，我還是像以前一樣，永遠是你們的老哥。我只是希望你們的心胸更寬大，得失心不要太重。」

說到這裡，龍頭就停下來了。我們很有默契的一起大聲說：

「謝謝老師！」

一直就站在後面的高怪，走到前面來說：

「龍老師，你真不簡單！我教了十幾年才領悟的心得，你五、六年就想出來了。」

龍頭抓抓後腦袋，一副被誇獎得不知道怎麼辦才好的樣子。接著，我們就起鬨了，有人說：

「老師，你變黑了！」

有人問：

「老師，你當爸爸了沒有？」

一大堆問題，都被龍頭搖手擋了下來，他說：

「現在拒絕回答，等下午的『最後一戰』打完，我們再來敘舊。希望你們心平氣和，打出水準來。」

「沒問題！絕對『要你好看』！」

我們的吼聲，震得休息室嗡嗡作響。大家心平氣和的準備下午的最後一戰。

我知道，這將會是一場「君子之爭」。不急躁，不生氣，各憑本事把水準打出來。對於結果，是不是冠軍，我們當然還是會在意，但是，已經不會「太」在意了！

展鵬
展鵬
思源

菱角田上的葉行者

六月的風，帶著蟬聲，吹過新種的菱角田，在淺淺的水面上，泛起層層漣漪，吹動了榕樹下琪琪手上的風車，微微掀起媽媽藍色洋裝的裙角，卻還是吹不散夏天的燠熱。我歪頭將臉頰靠近聳起的肩胛，讓沿著髮絲滴下來的汗水，貼在袖子上擦乾。

「莉莉，拿去把汗擦一擦。」

媽媽遞過來的手帕，有一股淡淡的茉莉香，讓我想起一年前她還住在家裡的情景。每天早上吃過早餐，穿上乾淨的白上衣藍裙子，背了書包準備上學去的時候，媽媽總會遞給我一方摺得整整齊齊的手帕，要我隨身攜帶。那些手帕，也有著這樣的茉莉香。啊，我好想像以前一樣，一頭鑽進媽媽懷裡，讓她幫我擦去滿頭滿臉的汗水。可是，我不能背叛爸爸呀！我堅決的搖搖頭：

「不用了。」

把頭歪向另外一邊肩膀，再用袖子擦乾另一邊臉頰上的汗水，我一樣可以把臉上的汗擦掉。

「姐姐，吃蛋糕！是我們最愛的蜂蜜蛋糕呵。」

琪琪一手拿著媽媽給她的風車，一手拿著裝蛋糕的紙盒過來。我搖搖頭：

「我不吃。你快點吃，吃不完的還給她。我們要回家了。還有，風車也不能帶回去！」

「可是，這是媽媽買給我的風車，我要把它帶回去。我想媽媽的時候，

就可以看風車。」

我瞪了琪琪一眼，什麼都沒說。她哭喪著臉哀求：

「我不吃蛋糕了。可是……可是……我想把風車帶回家。」

「不行！風車跟蛋糕都不能帶回家！」

「為什麼？我想……」

「就知道吃和玩，你還會想什麼？你該想想爸爸，他看見這些東西一定很難過。還有，回家絕對不可以跟爸爸說，我們跟她見面了。」

「莉莉，別這麼絕情好嗎？我是你媽媽呀！」

媽媽的聲音帶著哭腔，鼻音重得可以掐出淚水來。我真的好想，好想拉起她的手，提著蜂蜜蛋糕和拿著風車的妹妹，一起回家跟爸爸說：

「媽媽回來了。」

但是我清楚明白，這是我的癡心妄想。一年前媽媽推著行李箱出門的樣子，是我這一輩子都不會忘記的情景，當時爸爸問她：

「你說跟我沒有感情了要離婚，可是莉莉和琪琪是我們的孩子呀，難道你也不要她們了嗎？」

媽媽沒有馬上回答這個問題，她面向著門口，背對著大家，過了一會兒，連頭都沒有回過來的說：

「她們跟著你會比較幸福。」

爸爸沒能留住媽媽，我和琪琪也沒能留住媽媽，我以為從此以後再也不會見到她了。沒想到一年後的今天，媽媽等在菱角田邊的榕樹下，劈頭就問

我們要不要跟她到都市裡去上學。

「莉莉，暑假過完就是國中生了。鄉下地方的學校沒有競爭力，你就到我那邊去上國中吧！琪琪要上一年級了，跟姐姐一起到媽媽那裡去吧，姐妹好做伴！」

我不知道媽媽怎麼曉得這個時候能避開爸爸，在這裡遇見我們，更不知道這些話媽媽怎麼說得出口。一肚子的怒火，燒光了初見面的喜悅，我對著媽媽怒吼：

「那誰來跟爸爸作伴？」

其實我知道，我和琪琪也不是爸爸最好的伴。只是那個最好的伴，在一年前說沒有感情而絕情的離開了，現在竟然在這裡要求我別這麼絕情！

「琪琪，蛋糕和風車還給人家，我們該回家了。」

我不想理會媽媽了，推著琪琪把東西還給她，拉著琪琪的手，轉身朝回家的路上走。琪琪拖拖拉拉的，邊走還邊回頭看。我極力忍著回頭的衝動，走啊走到田邊圳溝轉彎的路燈下，終究還是忍不住稍稍側身回頭望了一下。我看見穿著藍色洋裝的身影，彎腰不知道在做什麼，然後站起身來跟我們揮手。

我急忙轉身不想讓媽媽看見我回了頭，扯著不斷轉身揮手的琪琪快速向前。

又走了一段路，琪琪不再走走停停的時候，我再一次回頭看，只看見榕樹下孤孤單單的一隻風車轉呀轉的，媽媽已經不在那裡了。我伸手擦擦臉上的淚水，跟琪琪說：

「回家吧！爸爸應該在等我們了，別跟他說媽媽回來過。」

只是我們回到家，卻沒有看見爸爸的身影，他去有機菱角栽植進修班上課還沒回來。我把洗衣籃裡快滿出來的髒衣服，倒進洗衣機裡面，按下開關後，來到廚房，想著晚餐要吃什麼。以前這些都是媽媽的事，她剛離開那段時間，我們常常忘記洗衣服，上學都要在洗衣籃裡翻找比較不髒的來穿，吃飯也是餐餐吃便當。後來是背著娃娃來探望我們的姑姑，一句話敲醒了像行屍走肉一樣的爸爸：

「哥，你一個人就算了，這兩個孩子怎麼辦？他們的媽媽跑了，只剩你這個爸爸呀！」

爸爸振作起來，除了田裡的農事，他開始洗衣服做飯，一個人當爸爸也當媽媽。這些我都看在眼裡，放在心裡。所以，我一定不能背叛爸爸呀！不過，爸爸做的飯菜，真的沒那麼好吃，所以我會跟他一起，做一些以前跟在媽媽身邊看到的做菜方法，慢慢練習，現在琪琪也說家裡的飯變好吃了。

「莉莉，怎麼對著冰箱發呆？」

爸爸回來了，手裡提著一袋香噴噴的烤鴨。他說：

「晚上烤鴨三吃，川燙一盤早上摘的秋葵，煮一鍋冬瓜排骨蛤蜊湯，晚餐就很豐盛啦！」

跟在後面進來的貪吃鬼琪琪，迫不及待的問：

「耶，烤鴨三吃！嗯，三吃是什麼？」

「三吃就是三種不同的吃法。烤熟的鴨肉可以切片單吃，品嘗肉質純粹的鮮甜；也可以加上蔥白和沾醬，用附贈的麵皮包起來吃，美味又有飽足感；剩下那些帶肉的鴨骨，入鍋快炒，加上蒜頭青蔥九層塔調味，香味真讓人垂涎三尺，配啤酒最好了。」

爸爸邊說邊加快手上的動作，熬排骨、切冬瓜，外加洗蛤蜊。我一邊削掉秋葵的老梗，放在水龍頭下清洗，一邊取笑爸爸：

「說得跟真的一樣！爸，你不要種田了啦，去賣烤鴨好了。」

「哈哈，這是賣烤鴨的老闆說的，我只是照著再說一遍而已。不過，這烤鴨真的好吃，我上次在你們阿忠叔叔家吃過一次，今天特別買回來給你們吃的。」

爸爸說完，把切塊的冬瓜放進熬排骨的湯鍋裡，蓋上蓋子，接過我洗好的秋葵要入水川燙的時候，聽見琪琪滿足的嘆口氣說：

「今天真是太幸福了！剛剛吃了媽媽買的蜂蜜蛋糕，等一下又有爸爸帶回來的烤鴨三吃，今天真是……」

匡噹一聲，爸爸手上的鍋蓋掉落，他轉頭問琪琪：

「蜂蜜蛋糕？媽媽回來了？在哪裡？媽媽在哪裡？」

琪琪被爸爸的樣子嚇了一大跳，張嘴吶吶的說：

「剛才在菱角田的榕樹下……」

我一開始想的是趕緊伸手摀住琪琪的嘴巴，後來覺得該先拉住往外衝的爸爸，最後發現要先關了燒得正旺的爐火才對！等我關火轉身，爸爸已經不見蹤影了，只聽到琪琪哭著說：

「姐姐，對不起，我不是故意的！我真的不是故意的！」

唉，我已經沒有力氣罵她了。默默轉身把秋葵川燙好，才說：

「等爸爸回來一起吃飯吧。反正你吃了那麼多蛋糕，應該還不會餓。」

爸爸回來的時候，手上多了一隻風車，他看著桌上涼了的烤鴨說：

「對不起，菜都涼了，我們吃飯吧。等一下還要去抓福壽螺呢。」

爸爸的眼睛紅紅的，一看就知道他哭過了。唉，誰說男兒有淚不輕彈哪，那只是未到傷心處的誇口之詞啊！我不忍心問爸爸什麼，只是默默的吃著走

味的烤鴨，心裡對媽媽的怨恨又多了幾分。

晚上七點鐘，天色已經全暗了，一彎新月掛在天邊，幾顆星子，閃閃爍爍。阿忠叔叔帶著小秋來了：

「榮哥，走吧，去抓福壽螺。」

阿忠叔叔是爸爸的拜把兄弟，在附近的罐頭工廠上班。工廠放假或是下班休息的時候，就會來我們家幫忙農事，尤其是媽媽離開後，阿忠叔叔總會來聽爸爸吐苦水、聊心事。他女兒小秋是我的同班同學，我們不但在學校時膩在一起，放學後也常常見面。今天晚上他們父女兩個，就是要來幫忙抓啃食菱角叢的福壽螺，還特別帶了阿忠嬸嬸煮的綠豆湯來當消夜。

「莉莉，我媽說出發前把綠豆湯冰在冰箱裡，回來就有冰鎮綠豆湯可以喝了。」

小秋跟我一起把綠豆湯冰好，爸爸和阿忠叔叔已經帶著琪琪在門口催我們了。

「姐姐快點啦，再不去福壽螺又下好蛋躲回田裡去了。」

福壽螺這東西真的很討厭，我們種什麼牠們就吃什麼，而且吃得精光，完全不留給我們。通常種菱角的農家，會撒農藥來殺死牠們，但是爸爸決定用有機農法栽種菱角後，堅持不再使用農藥。他說：

「農藥就是毒藥，殺死福壽螺之外，還會殘留在泥土裡，甚至跟菱角一起被吃進人的肚子裡去。為了大家的身體健康，還是不要使用農藥才對。」

不用農藥那要怎麼辦？進修班提供了一些對付福壽螺的辦法，什麼養綠

頭鴨來吃福壽螺，或是用苦茶粉泡水來殺死福壽螺，但是都有一些困難無法突破。尤其是苦茶粉，殺了小的福壽螺，大的卻還活著，而且其他無害的蝌蚪小魚也遭殃，所以爸爸決定用最土的辦法，就是一個一個抓起來！

似有若無的月光，像水霧一樣漂浮在大片的菱角田上，遠處模糊的黑影，是馬路邊的大樹，晚風中還聽到田裡的青蛙嘓嘓嘓，和遙遠的、不知道誰家的狗兒汪汪叫。

「哇！那邊好多，福壽螺都爬上來下蛋了。」

跟在爸爸和阿忠叔叔身邊的琪琪，就著頭燈射出的一束光線，看到圳溝邊上一個個緩緩爬動的福壽螺，一邊大叫一邊動手去抓。這要是被媽媽知道的話，鐵定是不可以的。哇哇大叫，沒個女孩子的樣子；天黑了還待在田邊的圳溝旁，多麼危險哪；福壽螺看起來好噁心，怎麼可以用手去碰呢？真不知道在都市長大的媽媽，怎麼會嫁給鄉下土生土長的爸爸？我曾經問過媽媽這個問題，我記得她兩眼閃閃發光的說：

「莉莉，這就是愛情呀！以後你就會知道了。」

現在我知道了，愛情根本就是個屁！我搖搖頭，跟小秋一起踩進圳溝水中，開始把可惡的福壽螺抓進手上的小桶子裡。

「啊，這涼涼的圳溝水泡腳真舒服！」

小秋說完，伸手掬了一些田溝水，灑在我的臉上。這要是在平時，哪能夠輕易饒過她，鐵定一桶水給她澆下去。可是今天，爸爸拿著風車失魂落魄回來的樣子，讓我提不起勁來跟小秋嬉鬧。往常細心的小秋，今天竟然沒有

發現我的異樣，興致勃勃的跟我說：

「莉莉，你猜今天發生了什麼事？」

「什麼事？」

我抓起一個個福壽螺丟進桶子裡，發出咚咚咚的聲音。小秋壓低聲音，神祕兮兮的在我耳邊說：

「我收到了一封信，一封真正的信！」

「真正的信？什麼意思？」

「哎喲，就是那種寫在紙上的信，不是傳到電腦裡或是手機上的信啦。」

「現在還有人寫那種信啊？又不是古人還用紙寫信，真是奇怪。」

咚咚，我又抓了兩隻福壽螺。小秋嘖嘖兩聲，誇張的搖搖頭：

「莉莉，你真是沒情調。寫情書就是要出奇制勝啊！粉紅色的信封配上粉紅色的信紙，還有一股淡淡的香味，這才叫浪漫呀！」

原來小秋收到情書了。她那一連串粉紅色的加粉紅色的浪漫，配上眼前的景象，讓我忍不住大聲笑了出來。

「你笑什麼啦？」

小秋被我笑得莫名其妙，又掬起一把水來潑我。我笑得上氣不接下氣，一時說不出話來，只好指著溝壁上福壽螺的卵要她看。

說來也真奇怪，深淺咖啡色螺紋的福壽螺，生下來圓形堆疊如葡萄一樣的卵塊，卻是鮮豔奪目的粉紅色。沒錯，正是剛才小秋說的，浪漫的粉紅色！只是這些遍布溝壁的粉紅色卵塊，完全感受不到一絲浪漫，反而讓我起了一

身雞皮疙瘩！對照想像中的情書，真的讓我笑得一發不可收拾。小秋終於明白我的意思，氣呼呼的說：

「江美莉，你真的很討厭欸！」

她轉身背對著我抓起福壽螺，用力丟進桶子裡。我覺得自己有些過分了，靠過去跟她賠罪：

「對不起啦，小秋。剛好都是粉紅色的，真的很好笑啊！」

「好吧，我原諒你。猜猜看，是誰寫給我的。」

小秋就是好脾氣，馬上又來跟我討論她收到的情書了。不過也太小看我了吧？這答案還需要猜嗎？前陣子就一直聽她說，補習班坐在她後面那個隔壁學校的籃球隊長，黝黑的皮膚充滿陽光氣息，露出雪白牙齒的燦爛笑容，正是小秋夢中描摹的理想情人類型，當然是他寫的情書才能讓小秋急著跟我分享啊！只是我話還沒說出口，小秋自己就迫不及待的宣布：

「是隔壁班每次數學考試，都拿到全年級最高分的數學天才！沒想到他不但數學厲害，信也寫得很好呢。」

「數學天才？你是說那個戴黑框眼鏡，還比我矮半顆頭的白面書生嗎？」

「哎呀，不要這麼說嘛，我媽說男孩子發育慢，等上了國中猛力長，一定會比女生高的。」

「啊？你媽也知道他寫情書給你？」

「沒有，沒有！我媽說的是我哥啦，他到現在都比我矮，我媽總是這樣

安慰他。對了，情書這件事別跟我爸媽說，他們規定我們家的小孩，要到上大學才能談戀愛。」

上大學？那還要好多年哪。不過我現在覺得愛情就是個屁，不談也沒關係。倒是小秋到底在想什麼呢？我問她：

「那籃球隊長怎麼辦？」

「唉！聽說籃球隊長在他們學校是個萬人迷，對我來說他就是天上的一顆星星。他應該根本就不知道我的存在吧？還是隔壁班的人比較實際，而且他還寫信給我了。」

「可是，這兩個人的形象真的差太多了呀！」

「莉莉，這就是愛情呀！沒談過戀愛的人是不會了解的。」

模糊的、朦朧的月光下，我看到了小秋的兩眼閃閃發亮，我終於忍不住了：

「什麼愛情不愛情的，愛情根本就是個屁！」

小秋吃驚的看著我，吶吶的說：

「那你的民宿小少爺呢？」

真不愧是我最好的朋友小秋，一下就戳中了我的痛點。民宿小少爺其實並不是什麼少爺，跟籃球隊長和數學天才一樣，是我和小秋講知心話時取的代號，免得琪琪聽到了去跟大人說嘴。這個民宿小少爺，就住在我家菱角田過去一點的莊園裡。高高瘦瘦的他，眉清目秀，長相很斯文，跟一部偶像劇裡演少爺角色的明星很像，加上他們家的莊園在經營民宿，順理成章的成了

我和小秋嘴裡的民宿小少爺。那次在全縣中小學生作文競賽頒獎典禮時，我拿著小學生高年級第一名的獎座下臺後，他亮一亮他國中生第一名的獎座，笑嘻嘻的跟我說：

「我們是鄰居呵！」

這是媽媽離開後，我生活中唯一值得高興的事情。從那一天起，民宿小少爺進入我和小秋談話的話題。現在我真的被小秋問倒了，當我決定愛情是個屁的時候，該拿民宿小少爺怎麼辦呢？

「嘿，你們兩個過來，看看我們抓到什麼！」

阿忠叔叔適時解決我的困擾，惱人的問題先放下，過去看看有什麼好玩的吧。

「啊，怎麼會有烏龜？」

小秋看見他爸爸桶子裡的東西，吃驚的問。阿忠叔叔說：

「這是鱉，不是烏龜。你們看，牠的頭比較尖，尾巴比較短，而且殼的邊緣是軟的。不過，你們還是別摸牠，被咬了可不好玩。聽說被鱉咬住，要等到打雷牠才會鬆口呢！」

「真的嗎？要是一直不打雷怎麼辦？」琪琪緊張兮兮的問。

阿忠叔叔逗她說：

「我沒被咬過不知道，琪琪要不要給牠咬咬看？」

「我才不要。」

琪琪說完，躲到爸爸後面去了。小秋問他爸爸，這麼凶的東西抓來做什

麼。阿忠叔叔笑嘻嘻的說：

「這可是老天爺賞賜的大補品呢！帶回去請媽媽燉湯，給你阿榮伯補身體。他種田太辛苦了。」

爸爸還沒說話，琪琪就探頭問了：

「燉湯？好不好吃？」

阿忠叔叔豎起大拇指，嘖嘖兩聲說：

「湯鮮味美呀！」

「我也要吃。」琪琪說。

「這樣一隻鱉不夠大家吃啊，我們得到前面那條河去看看，能不能多抓幾隻。我看這隻應該就是跟著河水流進田溝，才會在這裡出現。」

阿忠叔叔上岸後興致勃勃的走在最前面，要帶大家去多抓幾隻鱉。爸爸跟在後面嘆口氣說：

「要是福壽螺也這麼好吃，我們現在就不必這麼辛苦了。」

我聽學校自然老師說過，福壽螺是有人從國外帶回來養殖，打算給餐廳做菜用的。沒想到福壽螺不好吃，賣不出去，他們不想養了就放生。結果現在田裡到處都是福壽螺，害慘了種田的農夫。唉！有些大人做事情就是不經過腦袋啊！

天氣越來越熱，一株株的菱角叢也越長越大，剛種下去時那一條條清晰的水道，完全被菱角的莖葉覆蓋，菱角田上已經鋪滿層層疊疊的綠葉了。

這幾天，琪琪到姑姑家住，只有我跟在爸爸後面，來到菱角田巡田水。

爸爸神祕兮兮的說：

「貴客已經來囉。」

貴客？我看看四周，哪裡有什麼貴客？就是一大片的菱角田呀。啊，菱角叢層層疊疊的葉縫中，鑽出一朵朵淡淡黃心的小白花，油油亮亮的墨綠色上面，灑上了斑斑白點。再過不久，它們就會結成可以賣錢的菱角，所以，菱角花算是貴客嗎？爸爸看著一臉狐疑的我，伸手指著田中央那一帶長得特別好的菱角叢說：

「你看！」

菱角田上飛來了兩隻鳥，白色的身體黑背心，脖子上還繫著一條黃領巾。又大又長的翅膀，張開來像是舞者的水袖，配上幾根長長的尾羽，在風中款款擺動，正是號稱凌波仙子的菱角鳥——水雉。我記得這是媽媽最喜歡的鳥，我想爸爸改用有機農法種菱角，應該也有不想傷害媽媽喜歡的鳥的因素吧。

轉頭看看爸爸，見他喜孜孜看著水雉的表情，忽然漸漸轉為凝重，甚至不自覺的嘆了一口氣，我問爸爸：

「又想她了嗎？」

爸爸牽動嘴角，想要對我微笑，卻做出了一個比哭還要難看的表情。我不知哪來的怒氣衝上心頭，大聲的對爸爸說：

「別再想了！人家都說沒有感情了，還想什麼呢。」

爸爸搖搖頭：

「高中三年，大學四年，結婚十三年，二十年的感情，哪能說沒有就沒

有？她一定有不得已的苦衷不能說，一定的！」

「真有感情的話，有什麼不能說的？你別再替她找理由了，難道你一點都不恨她嗎？」

爸爸不說話了，過了一會兒，他指指水雉說：

「有人看牠們漂亮的羽毛，美麗的舞姿，叫牠們凌波仙子；有人看牠們細長的腳爪在菱角葉上行走，叫牠們葉行者。相同的事物，不同的看法就有不同的說法。她說離開是因為沒感情了，我讓她離開是因為感情太深。莉莉，感情這東西真是太深奧了呀！」

我用力的搖搖頭：

「沒什麼深奧的，愛情就是個屁！」

爸爸吃驚的看著我好一會兒，說不出話來。過了好一陣子，他又說起了菱角鳥：

「這兩隻鳥現在出雙入對，接下來母鳥會生下四顆蛋，生了蛋，牠就走了。留下公鳥獨自孵蛋，大概要孵三、四個星期左右。小水雉破殼出來，水雉爸爸負責照顧牠們，帶著牠們四處行走覓食，遇到危險還會把牠們藏到翅膀下保護。這樣經過七、八個星期，小鳥慢慢長大，就會自立門戶。莉莉，我就像是菱角田上的葉行者，心甘情願照顧我的寶貝。你不要再責怪你媽媽了。」

爸爸都這麼說了，我還能說什麼呢？只是爸爸要我別再責怪媽媽，過了幾天他自己卻被一堆莫名其妙的人責怪。

那天已經是四隻水雉寶寶可以跟著水雉爸爸在菱角田四處走動的時候了，我和剛從姑姑家回來的琪琪，跟在爸爸身邊，正在檢查菱角叢下的結果情形，一個個剛成形的小菱角，躲在葉子下面，毛茸茸的好可愛呀！民宿小少爺和他媽媽帶著住宿的客人，來到我們的菱角田。那五六個客人都扛著攝影腳架，背著暱稱大砲的高倍望遠鏡頭，一看就知道是要來拍水雉的。民宿女主人客氣的跟爸爸說：

「榮哥，我們的客人想來拍水雉，打擾你們了。」

「打擾我們沒關係，別打擾到水雉就好了。喔，田梗上要小心，別掉進田裡去了。」

打過招呼後，大家各忙各的。只是我覺得好不自在啊，雖然我斷定愛情就是個屁，但是民宿小少爺的出現，還是讓我臉紅心跳，手腳都不知道放哪裡好。

「啊！烏龜抓住小鳥了！」

「怎麼會在田裡養烏龜呢？那隻小鳥慘了。」

突如其來的尖聲大叫，嚇醒了我的白日夢，循著拍鳥人的指指點點，我也看見那隻在菱角葉上顛撲的雛鳥，在鳥爸爸搶救無效下，漸漸沒入水田。沉寂久久之

後，那五六個來拍鳥的人，竟然轉頭來責怪爸爸：

「怎麼在田裡養烏龜呢？害死了這些鳥呀！」

「你們難道不知道水雉越來越少，需要大家保護嗎？」

爸爸跟他們解釋：

「我們只是種菱角，烏龜，不對，那是鱉，鱉和水雉都是不請自來的貴客。我們採取有機農法種植，就是不想傷害這些貴客。」

「說漂亮的水雉是貴客還有道理，那醜不啦嘰的烏龜還是鱉，怎麼算貴客呢？一定要除掉，馬上除掉啦！」

那個望遠鏡頭最長，被他們老師老師叫不停的人說話時，下班經過這裡的阿忠叔叔來了，他氣呼呼的頂回去：

「照你這樣說，進補好吃的鱉才是貴客啦，光是外表好看其他都沒什麼用的水雉，給鱉吃也是剛好而已。話不能這麼講的！」

阿忠叔叔說完，拉著爸爸往家裡走，回頭跟我和琪琪說：

「回家了，別理這些光看外表的人。」

我看了從頭到尾沒說一句話的民宿小少爺一眼，那些臉紅心跳和手足無措全不見了，我牽著琪琪回家，心想的是：

「愛情還真是個屁呀！」

只是，愛情真是個屁嗎？媽媽用她的生命搖醒了我。就是我對民宿小少爺失望透頂的那天，姑姑背著小娃娃又來了。

「哥，帶著莉莉和琪琪，我們去醫院看嫂子。」

姑姑語帶哽咽，她說媽媽已經時日不多了。爸爸和琪琪馬上就要上車，我卻坐在椅子上，堅持不肯移動。心裡想的是媽媽推著行李出門的畫面，她說已經沒有感情了。爸爸過來，一巴掌在我的臉頰留下通紅的手印，我還是不為所動，姑姑的一番話卻讓我痛哭流涕。

「莉莉，你媽媽生病了。她發現自己罹癌的時候，知道你們一定會不論傾家蕩產也要救活她。這樣一來，你和琪琪的前途就完蛋了，所以她才會離開！我實在看不下去了，希望你們能見上最後一面，才會來告訴你們這些。去不去就看你自己決定了。這是你媽媽要給你的。」

姑姑遞過來一方帶著茉莉香的手帕，卻怎麼也擦不乾我的淚水。

九月的風，吹過菱角田來到老榕樹下，吹動琪琪手上的風車，微微掀

動我身上國中新制服藍色的裙角。我們舉起手跟在田裡採菱角的爸爸揮了又揮，大聲的說：

「我們上學去了。」

抬頭看著藍天白雲，我在心裡跟天上的媽媽說：

「感情真是太深奧了！」

狗屎大戰

「我們是……正義的環保小尖兵，勇敢的地球保護者！」

阿德一邊說，一邊把竹掃帚當作「正義之劍」，揮過來，掃過去，一副神氣得不得了的樣子！

然後他跳到我身旁繼續說下去：

「一號竹竿：本名王正鵬，外型英俊瀟灑，功夫了得。不論什麼好壞味道，都逃不過他那又高又挺、像成龍一樣的大鼻子。」

我覺得蠻好玩的，連忙雙手抱拳，說道：「謝謝！謝謝！」

阿德又跳到大全身邊：

「二號胖哥：本名謝大全。身材稍胖，

但是手腳不輸黃飛鴻，腦筋勝過愛迪生。不管什麼疑難雜症，找他準沒錯！」

不知道大全是心情不好，還是氣阿德說他身材稍胖，他朝阿德翻翻白眼，沒說半句話。

阿德還是興高采烈的揮著他的竹掃帚：

「三號阿德：本名林振德，就是區區在下我。英俊瀟灑，喔！我不行！我沒竹竿那麼帥，對了！區區在下我，最愛路見不平，拔刀相助。管盡天下閒事不怕煩！我……」

「拜託！阿德，你不怕煩，我可是煩死

了！去掃狗屎你還這麼高興，真是怪人！」

大全不耐煩的打斷阿德的話。我看他那個樣子，確實像快煩死了，只是不知道他在煩些什麼？

阿德不甘示弱的回答：

「大全！你有沒有搞錯呀？這個掃狗屎的餿主意還是你出的欸！你忘了上星期五開班會你說的話嗎？」

說起上星期五的班會，真是熱鬧極了！要說班會為什麼這麼熱鬧，就得從上星期一開始講了。

星期一一早的晨間活動，我走進教室，像往常一樣，老師早就來了，坐在教室前面改作業簿；其他早到的同學，有的看書，有的下棋，大家都很安靜。我把書包放好，坐下來準備看書。

忽然，一股怪怪、臭臭的味道，鑽進我的鼻孔。而且愈來愈濃，愈來愈難聞。我快把剛吃下去的早餐都吐出來了，只好趕快向老師求救：

「老師好臭！」

老師看我一眼，吸吸鼻子，然後才說：

「不會吧？我昨天洗過澡了，早上也刷過牙了，怎麼會臭呢？」

我知道老師又在逗我了，急忙解釋清楚：

「不是啦！我是說不知道什麼東西好臭，不是說您啦！」

「我也聞到了……」坐在我旁邊的大全說。

「真的！好臭！」隔壁排的阿德也叫了起來。

又有好幾個人說聞到了臭味。

老師說：

「好吧！大家來找找看臭味是從哪裡來的？」

我們在壁櫥裡找到一個洩了氣的躲避球，一疊上學期的畫畫作品；阿德的抽屜裡有包吃了一半的臭豆腐；垃圾桶裡有幾個壓扁的鮮奶盒子，和一些揉得亂七八糟的紙團。大家都快把教室翻過來找一遍了，也沒發現什麼會發臭的東西。

「咦！這些腳印哪裡來的？有點奇怪喔！」

不知道是誰在公布欄下發現了幾個腳印，一堆人圍過去看，發現這些腳印可不是用水彩印出來的。那是什麼東西印的呢？原來是……狗屎！

每個人都翹起腳來看看鞋底，大部分的人看過後高興的叫著：「不是我！不是我！」

只有坐在我前面的阿輝皺著眉頭說：

「是我啦！真倒楣！踩到狗屎。」

接下來幾天，教室裡總是瀰漫著一股臭臭的狗屎味。因為老是有人上學時，在學校圍牆邊的人行道上踩到狗屎，帶到教室裡面來。最高紀錄是星期三那天，班上共有五個人踩到狗屎。雖然他們都想辦法把鞋底刮乾淨了，可是那股味道仍然在！

星期五，我們在充滿狗屎味的教室裡開班會。老師提出一個提案要大家討論。他說：

「附近一些養狗人家，常到學校的圍牆邊來遛狗，弄得人行道上到處都是狗屎。這幾天來，我想大家聞狗屎味也聞怕了。我們來討論一下，看看有什麼辦法可以解決這個問題，好嗎？」

「哎呀！老師，叫那些踩到狗屎的人，以後走路小心一點就好了嘛！我們又不能叫那些狗不要拉大便，對不對？」

說話的是戴著近視眼鏡的阿博，他走路時總是低著頭，好像地上有黃金可以撿一樣，所以他是少數幾個沒有踩過狗屎的幸運兒之一。可是要是我也像他這樣低著頭走路的話，我想我一定會撞到電線桿的。

「自己走路小心一點，這也是一個辦法。但是這個辦法太消極了。」老師說：

「要是來遛狗的人愈來愈多，狗狗拉出來的大便也會愈來愈多，我們是不是要用飛的才不會踩到狗屎呢？我覺得應該想出一個根本解決的辦法才好。」

說完，老師看著大家，希望得到我們的支持。

阿德舉手了，他說：

「我附議！我覺得人行道上最好不要有狗屎，不然哪天阿博忘了戴眼鏡，把狗屎當作金條撿了起來，那就糗大了！」

全班同學哈哈大笑，阿博氣得滿臉通紅，兩顆眼珠透過鏡片，狠狠的盯著阿德。

我看見老師硬生生的把嘴角的笑容吞到肚子裡去，板起臉孔說：

「林振德！開會時不要開玩笑。」

既然有人附議，我們就開始討論了。可是要找出一個「根本解決的辦法」，還真難哪！

服務股長郝佳琪說：

「人生以服務為目的，我們就服務到家好了！牠們拉，我們掃，只要牠們一拉，我們就馬上去掃，那人行道上就不會有狗屎啦！」

「不好吧！我們掃乾淨，牠們又來拉；我們再掃，牠們再拉。我們整天這樣跑來跑去的掃狗屎，哪還有時間上課呀？」

這話是我說的，我覺得郝佳琪就是心腸太好了，班上才有人常常叫她下課去擠福利社幫忙買麵包，或是把自己的打掃工作推給她，害得她整天忙東忙西的，累慘了。我才不要當這種不講究效率的爛好人！

風紀股長阿輝是第一個踩到狗屎的倒楣鬼，他氣呼呼的說：

「最好的辦法就是我們輪流出去站崗，不准那些養狗的人來這遛狗！」

大全搖搖頭說：

「可能行不通啊！這人行道是大家的，我們沒權利叫人家不要來呀！」

還有一些人提出那種「不是辦法的辦法」，比方說發明一種藥，讓狗吃了不會拉大便啦，或是在人行道上裝一些小狗專用的馬桶啦，這些方法都被否決掉了。因為以我們現在的能力來說，這些都是做不到的事啊！

後來人稱本校愛迪生的大全提出意見，他說：

「我曾在一本書上看過，有些國家規定人民要遛狗的時候，要隨身攜帶

鏟子和紙袋。只要狗一拉大便，就要把狗屎鏟進紙袋裡，綁好袋口，丟進垃圾桶去。我們是不是可以要求來這邊遛狗的人，都要處理他們自己狗狗的大便呢？」

當然還是有人反對，阿德就說：

「要是他們不聽呢？」

「那我們就參考佳琪的方法，先當著狗主人的面，幫他把狗屎清理好，再要求他們以後要自己處理。幾次以後，他們應該會自己做了吧？」大全補充說。

最後，我們通過了大全的辦法，把學校周圍的人行道分成幾個區域，全班同學在晨間活動的時候去站崗，先幫那些養狗人士掃一次狗屎，再要求他們以後要自己處理。老師說這叫作「溫柔的出擊」，主席也正式宣布我們班以「最溫柔的方式」，向這些「狗屎鄰居」宣戰！

這個掃狗屎的主意，確實是上星期五大全提出來的。今天才星期四，是我們向狗屎宣戰的第七天，大全就嫌阿德煩了。我覺得我應該替阿德兄說句公道話才對！

「大全，這件事是大家同意要做的，阿德高高興興的來做，有什麼不好？你是怎麼了？你平常不是這個樣子的呀！」

「對不起啦！阿德！我快被我爸煩死了！」

大全這人就是這點不錯，滿有「君子風度」的，他知道自己錯了，一定會跟人家道歉。阿德也不賴，他也風度十足的說：

「算了！我不跟你計較。你爸到底怎麼了呢？」

「這都怪我自己多嘴，昨天晚上我告訴他我們站崗掃狗屎的事，他竟然說里長的兒子怎麼可以替人家掃狗屎？他今天要來學校找老師，問問看到底是怎麼回事？他要是知道這個主意還是我出的，不罵死我才怪！」

我看看大德，大德看看我，誰也想不出好辦法來。說實在的，我們都不喜歡爸媽氣呼呼的到學校來找老師，萬一吵起來，我們要站在哪邊才好呢？

最後，還是大全自己說：

「等一下我自己先跟老師說我爸要來的事好了。」

到了我們三個負責的那段人行道，一排木棉樹在旁邊列隊歡迎我們。幾個沒牽狗的行人低著頭走過去了，大概也是怕踩到狗屎吧！阿德一馬當先的跑到第三棵樹下，繞了一圈之後，跳著叫了起來：

「嘿！襪子的大便掃掉了！」

襪子是我們最近認識的一隻狗，牠長了黑白相間的一身雜毛，只有四隻腳是純黑的，就像穿上四隻黑襪子一樣。

站了幾天，我們發現了五隻常來這裡「散步兼拉屎」的狗：胖胖圓圓，跑起來像顆球在滾的那隻，我們叫牠「毛球」；全身白色，散布著一塊一塊黑色斑點的那隻，叫作「豆花」；還有一隻小小的吉娃娃是「小不點」；那隻眉毛長得遮住眼睛的叫「瞇瞇眼」；另外一隻就是「襪子」。

襪子總是在同一棵樹下大便，而且牠的主人是個年輕的大哥哥，在我們替襪子清理狗屎的時候，都會笑咪咪的向我們說謝謝；所以我們認為他會是

第一個自己清理狗屎的人。

「哇！真的欸！樹下都沒有狗屎了！」我和阿德一樣，高興得繞著木棉樹跳了一圈。

「別高興得太早！襪子的狗屎不是掃掉了，是還沒拉！你們看，牠現在才來呢！」大全澆了我們一大盆冷水。

真的！襪子拉著那個大哥哥，從人行道那頭來了。讓人失望的是，那個大哥哥手上只有拉襪子的牽繩，沒帶鏟子，也沒有垃圾袋。

「辛苦了！」襪子在木棉樹下用力的時候，大哥哥笑嘻嘻的跟我們說。

「要是你們肯自己掃的話，我們就不用這麼辛苦了！」

阿德像是一隻恐龍，把肚子裡的一股怒氣，噴火一樣的噴出來，燒得大哥哥面紅耳赤的。

「算了啦！阿德，這次我來掃好了！」

我拿起掃帚、畚斗動手去掃。還沒掃完呢！大全在旁邊猛拉我的衣服。

「大全，別鬧了啦！你這樣拉，我怎麼掃？」

「竹竿，別掃了！有人在看你欸！」

我抬頭一看，完了！完了！看我的是隔壁班那個長髮大眼睛的女生——曾麗玲。每次看到她，我就會莫名其妙的緊張起來。臉會愈來愈紅，手腳也不聽話了，東晃西晃不知道放在哪裡才好。可是我又常常想看到她。沒事的時候，我常常忍不住跑到她們教室門口，偷偷看她一眼也好。

現在被她看見我在這兒掃狗屎，不知道她會怎麼想？我呆呆的看著她用

手遮住嘴巴笑著走了，一股酸酸的感覺在心裡爆開來，衝到了眼睛、鼻子，難過得不得了！

但是「男兒有淚不輕彈」，我拚命的忍、忍、忍，把快要流出來的淚水，逼回眼睛裡去。掃完後，我轉身對襪子的主人大叫：

「你為什麼不自己掃？你為什麼不自己掃呢？」

我丟下掃帚、畚斗，衝回教室，抱了一顆躲避球，跑到那面「倒楣的出氣牆」前面，狠狠的把球丟出去。球撞到彈了回來，我抓住它，再丟過去。我一直丟，不停的丟，丟到全身力氣都用光了，我才停下來。

「氣出完了嗎？」

老師坐在牆邊的榕樹下看著我。他什麼時候來的？我一點都不知道！一定是阿德那個「大雞婆」跟老師說，不然這個時候，老師一定還在人行道上巡邏。老師叫我在他身邊的石椅上坐下，問我：

「發生了什麼事，讓你氣成這個樣子？」

我該怎麼說呢？告訴老師，我擔心曾麗玲看見我掃狗屎，以後大概不會理我了嗎？唉！算了！曾麗玲的事以後再說吧！我想問問老師，他真的認為「溫柔的出擊」會有效果嗎？

「老師！您想我們這樣做有用嗎？那些養狗的人會不會把我們當作傻瓜呢？反正有學生會幫他們掃，說不定會有愈來愈多的人來這裡遛狗呢！」

「我倒不擔心愈來愈多的人來這兒遛狗，只要他們肯自己清理，再多的人來也沒關係。通常我下定決心做一件事的時候，心裡總是抱著一個信念：

相信自己認真去做，就一定會成功。要是剛開始就認為自己不可能做到，那當然沒有成功的希望啦！」

「可是，老師，這幾天我們站崗的結果，發現每次都是那些人來。我們跟他們講了好幾次，他們還不是忘了！」

「或許他們需要更多一點的時間吧！正鵬，我們再試一陣子，好嗎？我相信總有幾個人會接受我們的建議的。只要有人起了帶頭作用，後面的人就會跟著做了。」

這個起帶頭作用的人會是誰呢？

是小不點那個邊走邊吐檳榔汁的男主人嗎？大概不會！每次我們請他自己清理狗屎的時候，他都說：

「太麻煩了啦！那些狗屎給這些樹做肥料剛剛好，誰叫你們要去踩它呢？」

那麼，會不會是牽著瞇瞇眼，那個連遛狗也穿高跟鞋的年輕小姐呢？大概也不會！她總是面無表情的聽我們說完，也不回答半句話，就冷冷的走了！牽著豆花的老爺爺，跟著毛球跑的胖太太，都不太可能。他們「眼觀四面，耳聽八方」，總是讓狗狗拉完大便就跑，等我們發現，他們已經溜到人行道的那一頭去了！最有可能的，還是帶襪子那個年輕大哥哥。可是今天我對他大吼大叫的，他會不會生氣了呢？

我看看老師，他還是一副信心十足的樣子。不知道等一下大全的爸爸來了以後，他是不是還能像現在這樣滿懷希望？

大全爸爸來的時候，我們正在上作文課。他站在教室門口，向老師深深的鞠了一個九十度的躬。我想大全應該不用擔心了，他爸爸對老師這麼有禮貌，他們不可能吵起來的。可是大全還是很緊張，他說他爸爸很固執，「硬得像石頭一樣」。老師和大全爸爸靠在走廊的圍牆上講話。我旁邊的大全坐立難安的一直向外張望，我也靜不下心來了，跟著大全一起向外看。

開始的時候，是大全爸爸講給老師聽，他說得兩隻手上上下下，比來比去的，有時候還拍拍臉頰，大概是說「面子往哪裡擺」吧！老師看著大全爸爸，不斷的點頭、點頭。

我低下頭來寫了幾個字，再抬起頭來的時候，變成老師說給大全爸爸聽了。距離太遠，我聽不見老師說些什麼，不過大全爸爸也不斷的點頭，我想他們應該不會吵起來了。

後來我陪大全去問老師，他的爸爸來學校說些什麼？我才發現，「希望」的力量真的很大。老師的「希望」，讓大全爸爸「頑石點頭」了。

他回去之前跟老師說：「好！老師，我支持你。下次開里民大會的時候，我會提議請養狗的人負責，自己的狗拉的大便，要自己清理乾淨才行！」

我不知道在里民大會提議能有多大的效果，但是我像老師一樣抱著希望，希望第一個帶著鏟子和垃圾袋遛狗的人，趕快出現！

狗屎大戰開戰第八天，我們又到人行道上來站崗。大全和阿德邊走邊開玩笑，換成我緊張得不太想說話。不知道襪子今天會不會來？那個年輕的大哥哥看到我，會說些什麼呢？

緊張歸緊張，要來的還是來了！襪子拉著牠的主人，在人行道上出現了，我該開口跟他們說話嗎？說什麼才好呢？

就在我想跑去躲起來的時候，大哥哥來到我面前，舉起手中的小鏟子和垃圾袋，笑嘻嘻的跟我說：

「小帥哥，火氣別那麼大！你看，我帶用具來處理狗大便了！你要是還追不到女朋友，可不能怪我囉！」

我的臉好燙啊！一定紅得像個熟透的番茄一樣了。我不好意思的低下頭。大全和阿德卻高興得跳起來，因為起帶頭作用的第一個人，終於出現了！

接著在開戰第十二天，第二個自動掃狗屎的人也出現了。是誰呢？我們都沒有想到，竟然是小不點那個嚼檳榔的主人。他會自動自發的掃狗屎，還

有一段精采的過程呢！

前一天，也就是開戰的第十一天，是星期一。因為星期日不必上學，我們沒有掃，所以星期一人行道上的狗屎特別多，有的已經被晒乾了；有的被踩得扁扁的，還在附近留下幾個臭腳印。

我、大全和阿德，三個人忙著把人行道掃乾淨時，小不點和他的主人來了。我看看大全，大全看看阿德，阿德看看我，誰都不想再去跟他說了。因為得到的答案一定還是：

「別麻煩了，狗屎留給樹做肥料不是很好嗎？你不要去踩它就好啦！」

可是不說不行，我們推著「管盡天下閒事不怕煩」的阿德，要他再去碰一次釘子。

還沒走到一半，就看見小不點的主人跳了起來，嘴裡還不停的罵著：

「＃×◎！誰家的狗到處大便，也不好好管一下！」

大全舉起手來，把衝出嘴巴的笑聲擋住，發出了「噗！噗！噗……」的怪聲；阿德抱著肚子，彎下腰去蹲著，兩個肩膀還不停的抖動；我轉過身去，對著天空張大嘴巴，沒有出聲的大笑起來。

不是我們沒有同情心，只是……只是……真是「大快人心」哪！更好玩的是，當我轉回來時，看見小不點前腳伸直，後腳彎曲，正在牠那暴跳如雷的主人腳邊——大便！

哇！那個主人的臉脹得和他吐的檳榔汁一樣紅。他跟我們借了掃帚和畚斗，把小不點的大便掃起來，倒進垃圾袋裡，氣呼呼的走了。

隔天，他牽著小不點又來了，雖然還有一點生氣的樣子，不過手上倒提著一個小袋子，裡面裝著一隻鏟子。

感謝老天爺的幫忙，我們「征服」了第二個對手。接下來，我們把目標放在「神出鬼沒」的豆花和毛球身上。

我們決定兵分三路。阿德站在人行道的最前面，我站中間，大全站後面那一頭。只要他們一出現，我們就以跑百米的速度衝過去，採取「全場緊迫盯人」的戰術，陪著他們走完這段人行道。

跟了兩、三天，胖太太被我們跟得很不自在。她說：

「你們這樣一直跟，一直跟，到底要做什麼啦？」

「我們只是想看看，你的狗會不會在這裡大便？」大全說。

「我的狗會不會在這裡大便，關你們什麼事？」

「當然有事啊！牠不在這裡大便，我們就不用掃，輕鬆多了。牠要是在這裡大便，我們就倒楣了，你不掃，我們就只好幫你掃啦！」阿德說。

「你們放心，我的狗不會在這裡大便的。你們不要跟了。」

我正想該怎麼回答，毛球汪汪叫了，牠的身邊有一堆剛剛拉下來的大便。

阿德兩手一伸，把掃帚、畚斗交給笑得比哭還難看的胖太太。胖太太一邊掃一邊說：「好吧！好吧！算我輸你們了。明天開始，我自己帶東西來掃。真的不必再跟了！」

老爺爺和豆花倒是很乾脆，被我們跟了幾天以後就失蹤了。只是，不知道豆花現在到哪裡去嗯嗯，不知道誰會踩到牠的大便？愈接近成功，考驗也愈難。那個冷冷的小姐和她的狗狗瞇瞇眼，讓我們想到就害怕。

負責其他地區的同學，大部分都已經圓滿達成任務，等瞇瞇眼的主人一「投降」，我們就可以辦慶功宴了。可是這回，連大全也說不知道該怎麼辦才好。

怎麼辦？怎麼辦？徒弟不行，只好請師父出馬了！狗屎大戰第十四天，老師親自到我們負責的人行道來，準備和冷小姐過招。

說實在的，我是有點兒替老師擔心。我們老師，說身材，個子不高；說五官，也沒什麼特色，絕對不屬於「帥哥型」的人物，他應該算是……算是有「內在美」那一型的暖男。他很幽默，愛講笑話給我們聽，他很關心我們，願意聽我們的話；他把我們當作朋友而不只是小孩子。

可是這些「內在美」，並不是站在人行道上說幾句話，就可以表現出來的。要是那個冷小姐照樣甩他兩個白眼，那就不好玩了！

來了！小姐牽著瞇瞇眼，高跟鞋踩在人行道地磚上，「叩、叩、叩」的走過來了。

我偷看了「師父」一眼，他深深的吸了一口氣，迎上前去，準備出招。

沒想到先出招的竟然是小姐！她說：

「李國雄，你怎麼會在這裡？」

這招厲害，把我們四個人都震呆了。李國雄，就是我們老師啊！他被震得大驚失色，傻傻的問：

「你怎麼知道我的名字？」

小姐笑了。這是我站了這麼多天以來，第一次看到她笑。她笑起來，比冷冷的樣子漂亮多了。

她笑著說：

「我當然知道你的名字，我是你國小的同學，陳美貞哪！」

原來如此！

接下來就是一些囉哩囉嗦的對話。

「唉呀！畢業後就沒見過你。現在在哪裡工作呀？」

「你住這附近嗎？」

「大頭還好吧？」

「小丫結婚了！」

我聽得快打瞌睡了，阿德想拍老師的肩膀又不敢，急得在一邊跳腳，嘴裡還不停的念：

「狗屎！狗屎！問她狗屎怎麼辦？」

後來大全拉住阿德，叫他安靜一點。因為話題轉到我們身上來了。

小姐問：「他們三個就是你的學生啊？」

老師答：「是啊！我們班最熱心的、最聰明的、最帥的，全在這裡了！」

小姐笑著問：「他們怎麼常在這裡教人家清理狗大便呢？不用上課嗎？」

老師先解釋現在是晨間活動的時間，沒有安排固定課程，八點以後才正式上課。然後告訴她全班通過向「狗屎鄰居」宣戰的經過。

沒想到小姐搖著頭說：「沒有用的啦！現代人誰不是家裡收拾得乾乾淨淨，門外卻髒得亂七八糟的？這人行道又不是你們學校的，你們為什麼要插手管這件事？而且他們會聽嗎？」

老師又要搬出他那套「抱著希望，努力去做，就會成功」的理論。他說：

「有些事情我們可以管，也可以不管。不管的話，人與人之間愈來愈冷漠，人情味也會愈來愈淡，我覺得只要管的方法恰當，大家還是會合作的。說不定就因為一起做些事情，大家熟悉了，反而建立起敦親睦鄰的感情呢！」

「就是嘛！」阿德接著說：「現在大家都帶著用具來掃自己狗狗的大便。就剩下你的狗，大便沒人管，還要我們來掃！」

我和大全伸出手來遮阿德的大嘴巴，已經來不及了！小姐臉上的笑容僵在那裡，老師急得直搓手，張著嘴巴，不知道說什麼才好。

過了好一陣子，小姐的笑容終於又活過來了。她說：

「李國雄，這小傢伙確實是你的學生。他跟你國小的時候一模一樣，有話就說，專搞些爛攤子來讓老師收拾！」

然後她轉過頭來問我們：

「真的只剩下我了嗎？」

我們三個用力的點頭。

「好吧！明天開始，我自己帶東西來掃。」

哇！萬歲！我們成功了，成功囉！

在我們又叫又跳的時候，小姐和老師交換了聯絡電話，趕著回去上班了。

我們催老師快回教室去報告好消息，老師卻好像有心事一樣，悶悶的不太講話。

「老師您怎麼了？」大全問。

「我？沒什麼，只是想起了好久以前的事。」

「什麼事？」三個「好奇寶寶」異口同聲的問。

老師想了一下才說：

「好吧！說給你們聽聽也好。這個陳美貞是我國小五、六年級的同班同學。那時候的她，長長的辮子，深深的酒窩，班上很多男同學都好喜歡她，我也是其中一個。每次見到她就緊張得不得了，不是踢到椅子就是撞到人，她跟我講話，我就樂得不知道怎麼辦才好。」

「喔……原來老師遇見初戀情人了！」阿德笑嘻嘻的說。

老師不理他，卻深深的看了我一眼。我心跳突然加快起來，難道老師知道曾麗玲的事了？

「可是今天遇見她，發現她變了好多，我們的想法差了十萬八千里，連話都講不到一塊兒了。」

「怎麼會這樣呢？」大全問。

「大概是長大了，想法也變了吧！就像我小時候立志當總統，現在卻覺得當國小老師也很好哇！」

長大了想法也會變，真的是這樣嗎？大概是吧，記得我小時候喜歡小白兔，所以很愛吃胡蘿蔔，現在卻看到媽媽端胡蘿蔔出來就跑。一個人對東西的看法，真的是會改變的，對人的看法大概也會變吧？好吧！曾麗玲的事，等「以後的以後」再說吧！我朝老師點點頭，他笑了一笑說：

「好了，心事講出來，心裡舒服多了！我們回教室去吧！」回到教室，老師告訴全班同學：

「任務圓滿達成！對方無條件投降，我方全面勝利、成功！現在正式宣布『狗屎大戰』結束！」
最後那句，我們的寶貝老師是用吼的。然後，我真正的了解到，什麼叫作「歡聲雷動」，每一個人都高興得像發了瘋一樣，三十幾個人的叫聲集合起來，是有點像打雷的樣子。老師不但不管我們，還跟大家一起唱、一起叫。
不過，「管盡天下閒事不怕煩」的阿德，突然跳到講臺上問了一句話，讓大家都安靜下來了。
「狗屎掃完了，接下來我們要做什麼？」
我的天哪！他真的是上癮了！

非常任務

這是阿成最高興的一天；也是阿成最難過的一天。這是阿成最快樂的一天；也是阿成最傷心的一天。再套句阿成的話來說，這真是「亂七八糟」的一天！

早上六點半，老爸和老媽帶著大包小包的行李，趕去桃園機場搭飛機。他們打算在上海新開的製鞋工廠待上一個月，等工廠進入狀況再回來。臨出門前，老媽千交代萬交代的，把「食、衣、住、行、育、樂」每一項早就規定好的相關事情，重新再說一遍。最後還說：

「別忘了我交給你的非常任務！要是沒有達成，你那全套電腦設備就飛了。」老媽真是過分！每次都用阿成想了好久的東西，要他完成一些「不可能的任務」。像這次月考，還沒考之前，老媽就跟阿成說好了，如果他能拿到全班第一名，就給他買一套目前最新的電腦。因為她知道，阿成常常得等老爸用完電腦之後才能用，早就等得不耐煩了。可是阿成拚死拚活的啃書到三更半夜，也只考出第五名的成績來，電腦當然就飛啦！

「哼！第一名，只要有陳國書和徐曉莉在，第一名根本就是不可能的任務！」阿成考完就對「全套新電腦」死心了。沒想到上個禮拜天，老爸和老媽又把「全套新電腦」捧出來了。他們說要去上海一個月，這一個月的時間，臺南的阿媽會上來照顧阿成。

「阿媽要到臺北來？那她養的雞呀、鴨呀，還有種的那些菜怎麼辦？每次要她來臺北，她不是都沒空嗎？」

「這你就不用擔心了。附近的阿公阿媽們，聽說她要到臺北照顧金孫，

早就把工作包攬過去了。現在的問題，是阿媽說我們從上海回來，有人看著你了，她就要回臺南去。」老媽說。

其實阿成很嚮往《魯賓遜飄流記》中那種一個人的生活。沒有媽媽的嘮叨，沒人管東管西，不用上課、不用寫作業的生活；整天游泳抓魚、爬樹捉鳥、愛做什麼就做什麼的生活，一定棒透了。所以他聽媽媽說阿媽急著回去，就趕快講：

「其實阿媽可以不必上來了啦！再過幾天就放暑假了，我只有半天暑期輔導的課。而且過完暑假我就六年級了，我可以照顧自己的。」

老媽搖搖頭，她說：

「怎麼可以讓你一個人在家。」

老爸也說：

「我們還想藉這個機會留住阿媽，要是她能答應跟我們住在臺北，我就放心多了。」

天哪！老爸這個心願可就難辦了！自從阿公去世後，老爸和老媽就不斷的想說服阿媽到臺北來一起住。可是阿媽總是有很多很多理由，一定得留在鄉下。先是臺北夏天太熱、冬天太冷；再來就是雞鴨沒人餵、青菜沒人澆水；最後說隔壁的阿婆沒人作伴，反正不來臺北就對了。阿成知道，老爸大概是空想而已。阿媽願意來一個月，全是看在金孫的分上，要她一直住在這裡，那是不可能的！沒想到老媽竟然接著說：

「阿成，這個任務就交給你啦！要是在這一個月內，你能讓阿媽決定在

臺北住下來，我們就給你買一臺最新的電腦。」

天哪！又是一個「不可能的任務」。不過，阿媽是最疼阿成的，說不定……全套新電腦還是有希望呢！

就是這個非常任務，讓老媽出門前還要再提一次。阿成滿嘴麵包剛吞下去，再灌下一杯冰鮮奶，含含糊糊的答應老媽。等到爸媽的身影消失在樓梯口，阿成突然有種說不出是傷心還是難過的感覺，像石頭一樣壓在心口上。一個月欸！從出生到現在，阿成還不曾跟爸媽分開這麼久過。一個月，一個月到底有多長呢？阿成吸吸鼻子，突然想到一件事。從現在開始，到傍晚阿媽到家為止，家裡真的沒大人了。嘿！「山中沒老虎，猴子當大王」，阿成終於可以當家做主了。今天是學期最後一天，結業式結束後就放學了，阿成打算邀小胖他們幾個死黨到家裡來一下。想到這個，阿成的心情，馬上又好起來了。

沒想到，他們竟然全都沒有空！小胖要跟媽媽回外婆家，後天暑期輔導開始上課才回來；西瓜的爸爸要帶他去逛電腦展，聽說只有今天下午開放給國小的學生參觀；大頭是早上就請假沒來了，好像是他舅舅結婚，他去當花童。真是無聊！五年級的最後一天，就是在學校掃掃地，再聽校長說些「放假也要早睡早起」那些老師早就說過的話，就回家了，一點意思都沒有！還好和西瓜一起去倒垃圾的時候，阿成遇見了二班那個大眼睛、黑皮膚的「黑皮公主」，她還回過頭跟阿成笑一笑呢！她的笑，讓阿成高興得跳起來大叫三聲，西瓜直說：

「她跟你笑欸！她跟你笑欸！大頭要是知道的話，鐵定會後悔今天請假的。」

今天就是這麼亂七八糟的一天！阿成一會兒難過，一會兒高興；一會兒無聊，一會兒快樂。他回到家，吃過便當，倒頭就睡。他以為午覺醒來，阿媽也該到了。誰知道，精采的還在後頭呢！

阿成睡到太陽下了山，醒過來的時候，對街加油站的霓虹燈，在窗外跟他一眨一眨的眨眼睛。他一下子弄不清楚怎麼一回事，正奇怪老媽怎麼沒叫他起來吃晚飯，才突然想起來，老爸和老媽早上搭飛機去上海了。然後他從床上跳了起來，著急的在心裡問自己：

「阿媽怎麼還沒來？」

客廳裡烏漆抹黑，窗外各色的霓虹燈要照又照不進來，在櫃子和沙發上面，塗上一層詭異的色彩。阿成心裡莫名其妙的擔心起來，阿媽會不會出事了？老爸昨天明明跟阿成講過，臺南隔壁阿媽的兒子媳婦，今天剛好要回基隆，會順便載阿媽過來。老爸還說他們大概下午三、四點會到，叫阿成千萬別亂跑！可是現在都六點多了，阿媽怎麼還沒來呢？

阿成開了客廳的燈，又跑到陽臺上趴著窗戶往外看。他根本就不知道隔壁阿媽的兒子開的是什麼車，不過他覺得這樣往下看，比焦急的坐在客廳裡好一點。

「逼——逼——」一陣門鈴聲，嚇得阿成差點叫出聲來。他明明沒看到什麼人走近樓下大門呀，怎麼門鈴就響起來了？

對講機裡是阿媽的聲音，她說：

「阿成哪，快來幫阿媽拿東西！你明生叔要趕回基隆去，時間太晚啦！」

阿成提在空中半天的心臟，總算放回原本的位置。他三步當作兩步的跳下樓去，看見阿媽正拿著一包東西，和一對年輕夫妻推來推去。

「你們就聽勝發嬸的話，這包草仔粿帶在路上吃。今天要不是等我，時間也不會弄得這麼晚。不然，到樓上來。我做頓飯，大家隨便吃一吃。這麼遠載我來，就給我請一餐，有什麼關係呢？」

「勝發嬸，你不要這樣客氣啦！我媽媽平常還不是靠你照顧，大家互相互相啦！我們晚上還有事，不上樓打擾你們了。這草仔粿給小弟吃嘛，這是你家阿媽下午剛包的呵！」

推來推去，那包東西竟然被推到阿成這邊來了。這包草仔粿還真香啊！它的味道提醒了阿成，肚子空空的還沒吃晚餐呢！可是阿媽把粿拿過去，又放到那年輕太太的手裡。

「不要緊啦！我這裡還有很多。這包你們就帶在車上吃吧！」

阿媽說完，一副怕他們又把粿送過來的樣子，急著把兩個年輕人推進車裡，揮手說再見。阿成的眼光一直跟著那輛車子，心裡想著那包粿已經愈來愈遠了！

「阿成，來！幫阿媽把這些東西搬上去，我有好東西要給你吃！」

聽阿媽這麼說，阿成才注意到腳邊的一堆東西。看得出來的有一大把蔥、兩個高麗菜和一些空心菜。包在袋子裡，不知道是什麼的，還有三、四包。

天哪！阿媽簡直就像搬家嘛！咦，說不定阿媽真的是搬家唷！她決定搬上來臺北，不回臺南了，所以才會有這麼多的東西呀！阿成高興極了，他想這下新電腦跑不掉了吧？他興奮的說：

「阿媽！你不回臺南啦？以後要跟我們一起住臺北對不對？」

「哼！那我那些雞呀、鴨呀要怎麼辦？前幾天撒的菜籽，今天剛探頭呢！要不是你這個金孫沒人顧，我才沒那麼多美國時間到臺北來。」唉！阿成的心從雲端降到了谷底。看這情形，老爸老媽交代的，還真是個超級不可能的任務呀！

好不容易把全部的東西都搬上樓來，阿成攤在沙發上，累得不想動了；阿媽卻生龍活虎的四處巡視，還把她帶來的東西都放好了，才在沙發上坐下來。

「欸！阿成，肚子餓了吧？來，這是阿媽下午才包的草仔粿，多吃幾個！多吃幾個！」

阿媽的草仔粿，是阿成最愛吃東西之一。跟老爸拳頭一樣大的粿，阿成

一口氣可以吃它五、六個。不過，這粿的外形實在是有夠……有夠噁心的！暗綠色的皮，有點黏又不會太黏，包著鼓鼓的餡，看起來會讓人想到一些吃飯的時候不該想到的東西。阿成記得他第一次還不敢吃呢，後來還是看到老爸那副吃到不知道飽的樣子，才勉強試試看。沒想到這一試也跟老爸一樣，吃到不知道飽了。

阿成吃飽後，又想到了他的全套新電腦和那個超級不可能的任務。一個月，他有一個月的時間來達成任務。可是，要用什麼方法呢？直截了當的告訴阿媽，她一定會說：

「不要緊！阿媽買給你。」

真要是這樣，電腦是有了，不過大概會給老爸和老媽鎖起來。還是想個辦法要阿媽在臺北住下來吧！

「阿成，來！陪阿媽到樓上樓下走一走。」

阿媽把那些阿成打算晚上當消夜、明天早上當早餐、明天中午再一口氣把它吃光的草仔粿，一包一包的，用乾淨的塑膠袋裝好，然後要阿成陪她出門。

「阿媽，你去樓上樓下做什麼？那是別人家呀！」

「我就是要到別人家去走走啊！住在這裡，總該跟左右鄰居打個招呼吧！順便把草仔粿送去給大家吃吃看。」

「拜託，阿媽！我們根本就不認識他們，他們也不認識我們。有幾間，住著什麼人我都沒見過呢！這麼好吃的粿，送給不認識的人吃，不是太可惜

了嗎？」

「唉呀！憨孫，就是好吃才送給人家吃呀！不好吃的話，哪好意思送給別人吃？不過你們這裡的人也真奇怪，左鄰右舍竟然會不認識。走啦！去走一走就認識了呀！」

本來阿成想吃過晚餐，應該沒什麼事了。他要打個電話去給大頭，告訴大頭下午黑皮公主回頭跟他笑得好可愛。這樣可以氣氣大頭，要他別以為黑皮公主喜歡他。現在阿媽要阿成一起去拜訪鄰居，他只好心不甘、情不願的出門了。

阿成家位在一棟五樓公寓的四樓。阿媽決定先去對面人家，再上五樓，然後往下到一、二、三樓拜訪。

老實說，阿成搬來這裡住兩年了，他從來就沒有和對面這家人見過面。真的從來沒有！只是有時候看到他們的大門開著；或是看到關門的人的背影。所以阿媽按了半天門鈴，沒人反應，阿成一點都不覺得奇怪。

「這家人也真奇怪，晚上八點多了，還沒人在家！」

阿媽一邊搖頭，一邊往樓上走。阿成則是一副「早就知道會這樣」的樣子，拖拖拉拉的跟在後面。他們先按阿成家這邊的五樓，好不容易有人來開門了，卻是個幼稚園大小的小男孩。裡面還有小嬰兒哇哇大哭的聲音傳出來。

「你要找誰？」

小男孩瞪大眼睛，沒什麼表情的問。不等阿成他們回答，男孩轉頭朝裡面叫：

「媽……不認識的人啦！」

「把門關上！跟你說過多少遍，不要隨便……」

小男孩的媽媽在裡面不知道還說些什麼，阿成和阿媽沒聽見，因為小孩已經把門關上了！阿媽目瞪口呆的站在人家門口好一陣子，阿成扯扯她的袖子說：

「阿媽！我們回家吧。」

阿媽卻說：

「我不相信每家人都這麼忙。我們按對面的門鈴看看。」

這回是個大人來開門了，可是他連鐵門都沒開就說：

「我家什麼都不缺，別跟我推銷什麼東西。你們還是到別家去吧，不要在這裡浪費時間。」

碰！門又關上了。阿成對阿媽聳聳肩膀，阿媽無可奈何的嘆口氣說：

「再試一家！再試一家我就不試了。」

阿媽還真是超級的有耐心啊！阿成心裡卻覺得好委屈，好東西要送給人家吃，卻一再的吃別人家的閉門羹，乾脆留下來自己吃好了！

「阿媽，我們這裡的人本來就不認識嘛，幹麼要這麼辛苦的拜託人家？我們把草仔粿拿回家去，我一個人就可以吃光光的。」

「再試一家！你就陪阿媽再試一家。不管這家人態度是好是壞，試過這家我們就回去。」

阿成搖搖頭，還是得跟阿媽到三樓去。這次阿媽按阿成家樓下的電鈴，

阿成躲在阿媽背後，不想再看到鄰居陌生的表情。

「請問您要找誰？」

咦！這聲音……這聲音怎麼有點……有點像是二班的黑皮公主呢？阿成的心臟，咚、咚、咚的就要跳到身體外面來了。他在阿媽背後探出頭來，看見站在門邊的那個女孩，真的就是他和大頭搶著喜歡的「黑皮公主」！

「天哪！天哪！我怎麼這麼好運？現在，我該怎麼辦？怎麼辦？」

阿成不斷的在心裡這樣問自己。他突然覺得，手腳都不知道擺在哪裡才對，硬邦邦的跟在阿媽後面走進黑皮公主家，傻呼呼的叫她那皮膚跟她一樣黑的媽媽「伯母」，呆呆的在旁邊看她們聊天，卻完全不知道她們說些什麼。

直到回到四樓家裡，阿成才發現自己一句話都沒跟黑皮公主說。

真的！這真是阿成最高興、最難過、最傷心、最快樂的一天，心情就像坐上雲霄飛車一樣，忽上忽下，忽快忽慢，簡直就是……亂七八糟的一天！當阿成倒上床，累得馬上就睡著了。什麼非常任務，什麼全套新電腦，明天再說吧！

阿成打的如意算盤是：先好好的睡一覺，睡得飽飽的，再來想有什麼辦法留住阿媽。老師不是常常說嗎，睡得飽，精神好，腦筋清楚，才能思考事情。所以阿成認為，等他把準備考試那段沒睡到的時間補回來，他就可以想到好辦法了。

可是，第二天一早，阿媽就把阿成叫起來了！

「阿成哪！七晚八晚了還在睡，太陽晒屁股啦！起來，起來，起來吃早

餐了。」阿成看一眼床頭的鬧鐘，天哪！七點多，八點還不到呢！今天又不用上學，這麼早起來幹麼？

「阿媽，人家放假都是中午十二點起床的啦！早餐、中餐一起吃，睡得飽又省一餐。沒什麼事，不用這麼早起來嘛！」

阿成把頭埋在枕頭裡，想再睡一下。阿媽把他的枕頭抽走，還說：

「沒什麼事？你起來看看阿媽做多少事了！」

阿媽真的做了很多事。阿成睡眼惺忪的到廁所尿尿，發現馬桶刷得像新的一樣；阿成再到廚房喝水，發現瓦斯爐亮得刺眼；還有地板、窗戶擦得乾乾淨淨的，連天花板上的陳年蜘蛛網也不見了！

「天哪！阿媽，你簡直就是超人嘛！你昨天晚上有沒有睡覺呀？」

「有睡，有睡，睡到五點才起來呢！要是在鄉下家裡呀，我早就餵飽雞鴨，到菜園抓菜蟲去啦！」

阿成無可奈何的去吃桌上那頓豐富的早餐，再也不好意思說還想再睡了。可是吃過早餐，真的沒什麼事做，阿成和阿媽呆坐在客廳，看著一點都不好看的電視節目。過了一會兒，阿成突然想到，老爸不在家，正是獨占電腦的好時機呀！他跳起來，衝到書房去，馬上就進入了多彩多姿的電腦世界。

也不知道過了多久，阿成在電腦桌前伸伸懶腰，才發現從客廳傳來的電視聲音沒了。他到廚房冰箱找東西喝，看見阿媽坐在板凳上摘豆芽。她把豆芽一根一根的拿起來，掐頭去尾，留下中間白白胖胖的那一段。

「阿媽，你在做什麼？」

「我在挑菜呀！中午我們來吃豆芽。早就聽人家說，豆芽去頭去尾炒起來比較好吃，今天才有時間試試看。」

阿成看了一下時間，九點十五分，阿媽現在準備午餐，不會太早了嗎？剛剛吃的早餐，還消化不到一半呢！可是阿媽說閒著也是閒著，就先弄好吧。阿成聳聳肩，又回書房打電腦去了。

阿成透過電腦回到「三國時代」，指揮大軍和敵人殺得天昏地暗，根本忘了現在是什麼年代了。阿媽一會兒來跟他要垃圾袋，一會兒來問他有沒有長水管，一會兒又要小瓢子。弄得阿成有點不耐煩了，他問阿媽：

「阿媽，你又在忙什麼呀？」

「我在掃樓梯呀！髒成那個樣子，你們也看得下去？」

「你是說公共樓梯？又不是我們弄髒的。門關起來就看不見了嘛！」

阿媽吃驚的看著阿成，她說：

「你怎麼會這麼想？怎麼不說門打開來就看見了呢？走！跟阿媽一起去掃。」

「阿……媽……我在打電腦啊！我……」

「騙人不識！電腦又不會跑掉。一起去掃！」

阿成只好嘟著嘴，跟阿媽去掃樓梯啦！剛開始他還一千個、一萬個不願意，可是掃到三樓，黑皮公主和她的媽媽也來了。黑皮媽媽說：

「真不好意思！真不好意思！我們一起來掃吧。」

就這樣黑皮公主沖水，阿成刷地，他們邊做邊聊。原來黑皮公主叫做「楊

麗美」，而且早就知道他叫「張建成」。啊！阿成快樂得希望這座樓梯永遠刷不完才好！

黑皮媽媽直誇阿成很勤勞，她還問阿媽以後是不是就住臺北了？這一問，問到阿成心裡去了，他豎起耳朵聽阿媽說：

「不是！不是！等我兒子媳婦回來，我就回鄉下去了，老人家住在都市裡，就像坐牢一樣，沒人帶哪裡都不會去。是說也沒什麼地方好去啦，我還是回鄉下比較自由自在啦！」

「附近有個公園，早上有人打拳，有人跳舞，還算有個活動的地方，阿媽可以去看看呀！」

黑皮媽媽這樣說，阿成真是高興極了。阿媽要肯留下來，他的非常任務就達成了！可是阿媽卻說：

「那是飼料雞的運動場，我這土雞仔不合用啦！」

阿成心裡暗自嘆了一口氣，還是得自己想辦法才行。

四個人說著掃著，掃著說著，有人從大門進來了。原來是昨晚把阿成和阿媽當作推銷員的那個人，他抓抓頭，不好意思的問：

「你們不是推銷員喔？」

「不是，我們是住樓下的鄰居啦！我住四樓，這個楊太太住三樓。」

阿媽竟然忘了閉門羹的滋味，還笑咪咪的跟那個人說話。那個人臉都紅了，支支吾吾的說：

「對……不……起！那……那……下次換我掃樓梯好了！」

阿媽和黑皮媽媽都說沒關係，三個大人就聊起來了。阿成和楊麗美相視聳聳肩，繼續往下一層樓掃了。

掃完樓梯，各人回各人家吃午飯。吃過午飯，阿成又和阿媽一起看那個一點都不好看的電視節目。

「鈴……鈴……」

電話鈴聲響了，是小胖邀阿成去公園溜冰。

「咦！小胖，你不是跟你媽回外婆家嗎？」

「我外公外婆跟團去旅行了，小阿姨今天要跟男朋友約會。外婆家一個人都沒有，只有一屋子的狗，所以我們就提早回來了。」

「喔！那你等一下要帶多多一起來唷！」

多多是小胖家養的馬爾濟斯，本來是小胖外婆家的狗，上個星期才帶到小胖家。雖然多多不像一般小狗那麼活潑，總是靜靜的不太理人，但是阿成、西瓜和大頭家都沒養狗，所以多多變成四個死黨的寵物，一起出去玩，一定要帶多多一起去。但是這次小胖竟然說：

「我們昨天把多多送回我外婆家了。」

「為什麼？」

「我們全家人都覺得多多不快樂。牠從小在我外婆家，跟牠的狗兄狗姐狗弟狗妹一起長大，熱鬧得不得了。來到我家後，我爸媽去上班，我和妹妹要上學，多多自己在家沒人作伴。每天回家都看牠無精打采懶洋洋的，所以我媽決定把牠送回外婆家去。我也覺得這樣比較好，反正想牠的時候，去外婆家就好啦！」

「喔！那我們現在就到公園碰頭囉！」

原來多多是隻不快樂的狗，難怪每次看到牠，阿成都覺得牠心事重重的樣子。說一隻狗心事重重是有點奇怪，可是看到多多的眼睛，阿成就是有這種感覺。

阿成以為，多多回小胖外婆家以後，就不會再看到給人那種感覺的眼睛了。可是，他錯了。他從公園溜冰回來，看見阿媽人坐在客廳裡，心思卻不知道飛到哪裡去了。阿媽的那雙眼睛，就跟多多的眼睛一樣，是一雙不快樂的眼睛！阿成想到剛剛在公園裡，和同伴們討論出來的辦法，什麼裝病啦、帶阿媽出去玩啦、要爸媽在中國多待幾天啦，要是哪個辦法真的能把阿媽留

在臺北，她會快樂嗎？

「那些鴨子，應該回籠了吧？還有那隻花斑母雞，今天不知道會把蛋生在哪裡？前天傍晚，我才在晒穀場邊的草叢裡撿到一顆。牠生蛋老是要藏起來給我找！」

阿媽說這些話的時候，阿成知道她想臺南那個家了！阿成第一次懷疑老爸的決定，硬要阿媽到臺北來住，是對的嗎？他真的該為了電腦，而想辦法達成爸媽交代的非常任務嗎？

隔天，學校暑期輔導開始了，阿成得到學校上半天課。本來他吃過早餐，拍拍屁股就上學去了。可是今天關上大門時，他卻想到了阿媽跟黑皮媽媽說的，老人家住在都市裡，就像坐牢一樣。阿成甩甩頭，一手抱著躲避球衝下樓，再不快點就要遲到了。

連續幾天，阿成覺得阿媽不像剛來的時候那麼勤勞了。她有時候躺在床上發呆，有時候坐在客廳發呆，弄得阿成也不知道做什麼才好。前一天傍晚，阿成問她要不要到公園走走。阿媽先是說怕熱，後來又說那個公園都沒臺南家裡的菜園大，沒什麼好看的。

「阿媽，你又沒去過，怎麼知道公園有多大？」

「就昨天呀，我沒什麼事做，就去擦樓梯欄杆。剛擦好，五樓那個太太一手抱一個，一手拉一個，說是要去公園玩。我看她忙不過來，就幫她抱小的一起去啦！那個也叫公園哪？一座溜滑梯，兩個秋千架，三張鐵條椅子和一些用磚塊圍起來長草的小空地，真是小的可憐唷！」

這天晚上，老爸老媽去上海後的第一通電話來了。他們先問阿媽和阿成好不好，然後開始抱怨生活不習慣，真想早點回家來。老媽說：

「沒地方逛，沒朋友聊，真快憋死了！」

老爸則是忙著問：

「阿媽答應留在臺北了嗎？」

阿成想跟老爸說，他覺得阿媽不要留在臺北比較好，又怕電話裡說不清楚，嗯嗯啊啊了一會兒，電話被阿媽接過去了：

「阿陸仔，事情有順順利利的嗎？什麼時候要回來？」

阿成不知道老爸跟阿媽說什麼，只聽阿媽嘴裡說：

「不要緊！不要緊！你們安心工作就是了。」

臉上卻是沒什麼表情的把電話掛了。

阿成心裡有點不知道怎麼辦才好。是聽老爸老媽的，想辦法要阿媽留在臺北好？還是要爸媽快點回來，讓阿媽早些回臺南好？全套新電腦真的很吸引阿成，但是阿媽那雙不快樂的眼睛，也讓阿成高興不起來！

這樣反反覆覆的過了一個禮拜，阿成一直拿不定主意。大頭和西瓜的意見是先留住阿媽，完成非常任務，等老爸老媽買了電腦再說；小胖和楊麗美卻覺得阿媽想回臺南又不能回去，真是可憐。阿成夾在中間，還沒決定怎麼做才對。

直到第二個禮拜六晚上，里長找到家裡來的時候，阿成做了最後的決定！

那天晚上，吃過晚餐，阿媽神祕兮兮的問阿成：

「你明天早上不用去學校吧？」

「不用！阿媽你有事嗎？」

阿成覺得阿媽有點怪怪的，而且是從前天開始就怪怪的，好像有什麼事要說又不說的樣子。

「明天早上別睡太晚，早點起來跟我去澆菜。」

「澆菜？什麼意思？」

「就是給菜澆水啊！你們這些都市孩子，連種菜要澆水都不知道。真是的……」

「不是啦！阿媽，我當然知道種菜要澆水。可是，可是我們哪裡有種菜的地方呀！」

「喔！我跟你說，我在……」

阿媽話還沒說完，被一陣門鈴聲打斷了。她叫阿成先去開門，看是誰來了。

「小弟，你爸爸媽媽在家嗎？」

一個年紀看起來跟阿成老媽差不多的女人，站在門外。她看阿成搖搖頭，又問：

「那家裡有人人嗎？」

「有什麼事情嗎？我是他阿媽啦！」

阿媽跟在後面出來了，她以為這個阿姨是找阿成的。阿姨卻說：

「對了！對了！我應該沒有找錯間。我是來找你的啦！」

原來這個阿姨是這一里的里長，她有重要的事要跟阿媽說。

「阿媽，社區公園裡那兩塊花圃，是你整理的嗎？」

「喔……是這件事情呀！害我嚇一大跳，以為發生什麼大事，要里長親自到家裡來呢。沒有錯啦！那兩塊磚塊圍起來的地方，是我清的。那草又多又長，花了我兩個早上的時間呢！是說我老人家，閒著沒事做，清一清也好。里長你真有禮數，還親自來。不要客氣啦！」

「是啦，是啦，應該跟你道謝的啦！不過……不過……阿媽，你是不是在那裡種了什麼？」

「你是說那些地瓜和紅鳳菜呀？是啊，是我種的。」

聽到這裡，阿成終於明白了。阿媽竟然在公園裡種菜，真是有夠天才的。

可是里長並不這麼想，她說：

「阿媽，社區公園的花圃是屬於大家的。就是說那兩塊地是市公所的地，不可以當作你自己的地來用。」

阿媽終於清楚里長的來意了。阿媽說：

「種那麼多，我們家自己也吃不完哪！看附近人家，誰要吃就去摘。我是種菜有興趣，自己吃不吃沒關係。這地是大家的，就種給大家吃吧！」

「問題是有人覺得種菜不好看呀！哪有人把公園花圃拿來種菜的？種些漂亮的花才對啦！」

里長的聲音大了起來，阿媽的氣也冒上來了。阿媽說：

「什麼漂亮的花？那裡本來長滿雜草的耶！我真是『好心給雷親』，整地種菜給大家吃，你們還嫌難看！」

眼看兩個人就要吵起來了，阿成急得不知道怎麼辦才好。門外卻來了一個救星：

「阿媽，是發生什麼事呀？」

黑皮媽媽大概聽到阿媽的聲音，還沒進門就問了。接著，樓上的先生也下來看看。屋子裡突然熱鬧起來。阿成看見有大人進來，大大鬆了一口氣。不過他也覺得很奇怪，有一次老爸和老媽不知道為了什麼事，吵得天翻地覆，聲音比阿媽和里長大多了，也沒見哪個鄰居過來看看；今晚有人來，阿成覺得鄰居們有點不一樣了。

等阿媽和里長七嘴八舌的把事情講清楚後，大家一時也拿不定種菜好還是種花好。不過黑皮媽媽跟里長說：

「阿媽整地種菜也是一片好意，她並沒有要把那兩塊地占為己有的意思啊！我跟你說，阿媽絕對不是那種自私的人。自從她來以後，我們整棟樓的人都受她照顧。里長啊！講話不要那麼大聲，老人家會被你嚇到的啦！」

一番話說得里長臉紅起來，她特別把聲音放小的解釋：

「失禮啦！我這粗魯人，講話都講不好。阿媽你不要見怪喔！是說我個人沒見過公園的花圃種菜，但是大家同意的話，我也沒有意見啦！那這樣好了，這件事我們里民大會提出來討論。你們大家都要出席唷！阿媽，給我一個面子，一定要來喔！」

阿成被這些大人弄得目瞪口呆，還好他們不像有些電視上的大人一樣，吵完還要動手動腳才能把事情解決。阿媽也很大方的接受里長的道歉，笑咪咪的送走了那些客人。只是她跟阿成說：

「我真不懂這些都市人！花也不能吃呀，種來要做什麼？」

看著阿媽疑惑的表情，想到阿媽不快樂的眼睛，阿成對

自己的「非常任務」有了決定。他要告訴老爸和老媽，這個任務是個「非常沒有必要的任務」！臺南家裡一大片的菜園，才是阿媽的天地，不必開里民大會，阿媽自己要種什麼就可以種什麼。阿成想，阿媽在那個天地裡才會快樂，何必一定要她留在臺北呢？至於全套新電腦，就當作是下個「非常任務」的獎品吧！而且，說不定過一陣子，會有什麼更新的電腦上市呢！

好評推薦

（依姓氏筆畫排列）

在青春的花園裡，高歌吟唱

◎王意中（王意中心理治療所所長／臨床心理師）

青春期這個階段，很是迷惘，很是夢幻，孩子有如站在十字街頭，看不清楚，眼前所發生的事物，總是令自己懵懵懂懂，徬徨無助，不知往哪個去向。

在這個階段裡，青少年關注到，自己的身材、臉蛋、外表，對於美醜的判斷，一些細微的點，牽一髮而動全身，決定著怎麼來看待自己。我是誰？該問誰？誰能決定我是誰？誰能懂，懂這青春年少的步伐慌亂。

關於戀愛，情愫，友情這回事，無論來自於偶像劇、電影、小說，或發生在父母身上，總是讓少男少女感到迷惘與困惑。同時，愛情這件事情，到底有沒有一定的道理？是否有跡可循？是否存在固定的方程式？

在這階段，孩子們逐漸的，將內心所想與疑惑，從父母、手足、師長，轉移到身旁的同儕身上，一群和自己一樣也正面臨著青春期荷爾蒙的作祟，身心靈劇烈變動的少男少女們。並尋求同儕的關注、認同、肯定與接納。

我們必須來思索，除了面對滿坑滿谷的課業外，這群青春期孩子們，在他們身上有著許多自然而然，或即將發生的事物，正等待著他們來面對。

為人父母以及老師，在與青春期孩子的對話中，我們所觸及的話題，談論事情的範圍、內容的深度和廣度，到底到什麼程度？我們不說，不等同於孩子們就不會遭遇。

《青春是一首練習曲》或許，我們不見得要求孩子，得照著自己的方式來吟唱。但如果我們願意，自然的自我表露，跳脱說理說教，與孩子分享我們過往的青春組曲。

讓孩子知道，不是「只有我這樣」，而是我們每個人都會走進青春期的曼妙花園裡，學習這一道又一道，生命中的成長課題。

青春的酸甜滋味

◎李佳玲（臺中市華盛頓雙語小學教師）

這是六個少年情懷的故事，屬於青春碰撞的風暴、也是自我和解及情感修復的歷程。

書中〈君子之爭〉提及球場上瞬息的氣勢移轉，情節一層層起伏、挑戰一次次出現，無盡的挫折衝擊著年少的心；在命運的波折裡，時間是最好的禮物，輕緩流轉的時間，對照著球場上的激烈奔騰，當故事最後的一場球賽即將展開，當球員與教練的誤會瞬間釋然，那一刻所綻放的笑容，是最真切

的，因為努力練球而遇見了更好的自己，球場上的輸贏又如何呢？這時候，每個人都已經是生命裡最大的贏家！

〈菱角田上的葉行者〉中描述菱角田上行走的水雉，被喻為「凌波仙子」，長長的腳趾，可漫步於水生菱角葉上，踩出去的每個腳步，都是力道與平衡的挑戰，戰戰兢兢之間，營造出搖晃的韻律。水雉在菱角田上築巢，隨時陷入水澤中的鳥巢，雖然隨波搖晃，看似岌岌可危，卻承載著爸媽的疼愛與呵護，是小水雉成長的堅強後盾，就像莉莉的家一樣，在風雨飄搖間，有一股愛的力量默默的支撐。

愛是魔法，讓我們勇敢；也讓我們變得脆弱。愛讓故事裡的每個人陷入情緒糾結中，甚至心生怨懟，其實，怨懟的源頭，也都來自於滿滿的愛。家人的意義，在於永恆的陪伴與守候。選擇離開，是情深的告別；選擇留下，是不捨的羈絆；選擇敞開心田，成為彼此依靠，傾吐心底的害怕；或是選擇珍惜當下，擁抱每一天的美好……這是屬於愛的選擇題，也是沒有標準答案的練習題。

眼見為憑，是真的嗎？但眼見的過程中，是不是有機會被「偏見」所蒙蔽？莉莉的媽媽拖著行李箱，頭也不回離開家的模樣，看似無比絕情，其實她是用另一種方式表現心底的真情；菱角田裡的鷲攻擊水雉幼雛的情景，看似十分殘酷，其實那不也是生物鏈裡其中一個環節嗎？從觀光客視角看見的現象，若與在地農民觀感衝突，到底誰才是對的呢？這些觀點，是否違背了大自然的法則？不同的時空裡，「家」就是用心呵護孕育著生生不息的新生命呀！

作者以每個人都有過的少年情懷作為書寫主軸，描述青春的風暴，沒有

刻意雕琢的文字，卻留下餘韻無盡。就像六月的風，帶著蟬聲，在菱角田的水面上，泛起層層漣漪、微微掀起媽媽藍色的裙角……而九月的風，也吹動了莉莉新制服的藍色裙角，成長的滋味，在微風輕輕掀動之間，慢慢的漾了開來……

謝謝素宜老師用好聽的故事、美好的文字，帶領我們沿著歲月的足跡，再一次品嘗青春的酸甜滋味。

用故事和孩子談心

◎花梅真（臺北市明德國小教師）

青春期的孩子，一腳踏入成人的圈子，另一腳仍未脫離孩子的純真。當他們需要自由時，會覺得自己已經長大；需要協助時，又希望大人當自己是孩子。加上同儕之間的影響、自我認同的迷惘、對異性的好奇……都足以讓他們小小的心靈，每天上演各種「小劇場」！

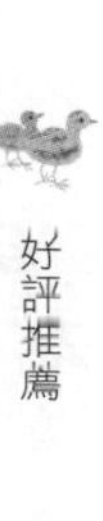

開始留意外貌的孩子「只要青春不要痘」，但偏偏痘子可能一顆顆冒出來；開始留意身材，但發育早晚有別，常常都由不得自己。怎麼辦？看看〈蘋果、梨子、胡蘿蔔〉，或許孩子會比較容易釋懷。

遇到心儀的對象，要不要鼓起勇氣表白呢？〈這就是愛情嗎？〉幾乎「直播」了學生的現況，還記得我和學生一起看這篇故事時，不小心挖出了許多「八卦」呢！但，愛情真的如此輕鬆有趣嗎？長大之後遇到的愛情，真的會像王子公主般，有個幸福結局嗎？書中另一篇〈菱角田上的葉行者〉，給了另一個思考方向。

身為學校各項團隊主力的高年級，有著強烈的團體認同感。如果有人「背叛」……如何引導他們正向看待？〈君子之爭〉的情節就是很好的切入點。此外，〈狗屎大戰〉中，孩子用具體行動影響他人；〈非常任務〉則看到孩子對長輩觀察與體貼，很是窩心呢！

這幾年任教高年級，需要對這些「小大人」說之以理時，我常透過簡報，一頁一頁的說服；需要動之以情時，則是分享故事或經驗與之交心。通常，後者的效果比前者好，因為，故事少了說教意味，總能讓人「不設防」！

找到適合的素材，教學就不費力；找到適合的故事，溝通就很省力！《青春是一首練習曲》就是教學與溝通的好素材！

創造自己的青春練習曲

◎賴秋江（高雄市新上國小教師）

我當高年級導師的年代比當媽媽至少還要早個十年！

今年是一個特別的年，經過多年的等待，兒子跟我終於在同學年的高年級相遇。這也讓我面臨了一個新處境，在家或在校都得面對這個年代的青春小大人。

這本書利用了六個故事，呈現了高年級學生在面對各種生活狀況的複雜情緒，其中〈君子之爭〉的情節讓我這當媽又當老師的超有感，怎麼說呢？

每年的運動會，各學年最令人期待的莫過是大隊接力。在練習賽後，各班實力都呈現了。就這麼剛好，兒子班跟我的班實力相當，都有機會爭「亞軍」。

有天，母子倆正熱烈討論運動會的種種，對各班戰力做各式分析與預測。突然，兒子開口問了我：「媽媽，請問大隊接力比賽，你是會支持你們班還是我們班呢？」當下我沒有任何遲疑回了他：「當然是我們班呀！還用說嗎？」兒子一聽，立馬回了我一句：「什麼？你竟然不支持你自己兒子的班？」然後一副「無法置信」的盯著我看。接著我繼續說：「我當然也會支持你們班呀！希望我們兩班能跑出實力，把冠亞軍都抱回家，誰是冠軍就不要計較了呵！」兒子聽完也覺得這結局好像挺不錯的，然後母子倆就繼續開心的幻想各種奪冠的可能。

故事最後結局到底如何，其實一點都不重要，重要的是，當你面對生活中各式突如其來的狀況，或是你正好就「對號入座」這些故事中的某個角色時，是採取負面思考抑或正面思維？是選擇懦弱逃避抑或勇敢解決？

你的想法與做法，終將決定了你這首青春練習曲的獨特曲風！

特別感謝：

臺中市華盛頓雙語小學　**李佳玲**老師

臺中市華盛頓雙語小學　**林明芳**主任

臺北市明德國小　**花梅真**老師

高雄市新上國小　**賴秋江**老師

（依姓氏筆畫排列）

李浩宇　臺北市明德國小學生

〈蘋果、梨子、胡蘿蔔〉這個故事讓我想到，自己也曾經被說身材不好，聽到時真的有點難過。但因為我常常幫助人，同學也喜歡和我玩，有時還會互相戳肚子，這時，我的圓肚子反而變成好玩的「玩具」了。慢慢的，我覺得外表不重要，內心善良和身體健康才是第一。如果長得又高又帥，但愛發脾氣，也沒有人會喜歡你啊！

趙長信 臺北市明德國小學生

我認為〈這就是愛情嗎?〉裡的曉君太早談戀愛了,可以等長大一點,高中的時候就不會有人再管了。曉君也很勇敢,因為她冒著被媽媽罵的風險談戀愛,而且也很勇於和老師說自己的事情。另外我也覺得老師很聰明,她先把曉君和他的朋友帶到沒有人在的地方,才開始問怎麼回事,而且也用自己的經驗和他們分享。

陳宥瑜
臺中市華盛頓雙語小學學生

在閱讀〈君子之爭〉這篇故事的同時，我覺得自己的心情也被故事情節帶領著起起伏伏、澎湃不已！

當球隊的隊長轉學、當領隊老師突然離去、當面對勝負關鍵的一戰時，看見昔日的總教練，竟然出現在敵隊，而且成為他們的領隊……他們的心情會是受到多麼沉重的打擊呀！當故事急轉直下，球員們願意原諒龍頭教練的剎那，我覺得自己就像打開彩蛋一樣，不斷的湧現出複雜的情緒！最後，到底是展鵬贏了？還是思源贏了？好像勝負也沒那麼重要了！

在閱讀〈菱角田上的葉行者〉這篇故事的時候，我彷彿可以看見

故事中的爸爸跟媽媽面對分手時，兩個人臉上的悲傷！傷心到媽媽都不忍心回頭再看一眼對方！故事裡的主人翁，她心情就像炸彈一樣，裝了滿滿怒氣，當她知道媽媽生病的那一瞬間，心裡的悲傷迸裂，情緒整個爆炸出來，她是不是還繼續懷疑愛情到底是什麼呢？藏在恨裡面的，其實都是愛呀！狠心離去的母親，就是因為想要看見家人幸福啊！最後，當媽媽真的離開人間，小女孩也不得不在命運的捉弄下，長成一個成熟的小大人了！

劉績叡 臺中市華盛頓雙語小學學生

我覺得素宜老師的文筆很神奇，在閱讀故事的時候，就好像會不知不覺的，掉進故事的黑洞裡，雖然有好幾次彷彿看見梯子就在身旁，可以讓我有機會爬出來，但是陷入其中的我，卻一點也不想走出來！

如果〈菱角田上的葉行者〉裡的莉莉、琪琪跟爸爸，他們三個人能夠早一點知道媽媽離開的原因，那就不必再那麼傷心、那麼生氣、那麼絕望了！

媽媽的離開，是連再見都沒有說的絕情，其實沒說清楚的隱瞞，才是最大的傷害，那會留下更多黑暗的陰影！

如果媽媽能夠留下來，和孩子們好好談一談自己的身體、自己的

病情，和家人一起面對心裡的害怕與無助，我相信他們一定能手著牽手，一起度過這場難關的！

侯泱泱

高雄市新上國小學生

看完〈狗屎大戰〉這個故事，我覺得「人要保有公德心，才能讓世界更美麗」，不要為了一時的懶惰，讓地球病得更嚴重，愛護環境才會創造美好的生活，換句話說，就是要努力才會有好的結果。

我曾經看過新聞報導，臺灣有一條河，曾經因為又黑又臭，被笑稱為「黑龍江」，經過二十多年的整治，在當地居民、環保團體與政府部門共同努力，這條河終於找到過往的生命。本來我們的溪流、海灘，簡直就像世界大戰後的奄奄一息，還好許多熱心的民眾和團體，靠著日積月累的努力，持續不斷的撿垃圾，也號召大家可以共同守護這片家園。

「地球只有一個，失去它，我們到哪裡去尋找家園？」，齊柏林曾說：「臺灣，多點美麗、少點哀愁，天災不易躲過，人禍卻是可以避免的」，心動不如馬上行動，趕快加入拯救世界的行列吧！

洪宥溱

高雄市新上國小學生

在〈非常任務〉裡，阿成的父母因為公事，需要出遠門。離開前給了阿成一個特別任務，就是讓前來照顧阿成的阿媽，留下來住在臺北的家。只要他達成任務就可以得到一臺新電腦。為了得到新電腦，阿成很努力的想說服阿媽留在臺北，但後來他放棄了這個念頭。因為愛熱鬧的阿媽在社區中找不到鄰居可以聊天，也無法像在鄉下一樣自由的種菜。阿媽總牽掛著鄉下養的雞鴨。阿媽說『那些鴨子，應該回籠了吧？還有那隻花斑母雞，今天不知道會把蛋生在哪裡？』阿成知道阿媽想臺南那個家了。有一天里長來找阿媽，原來阿媽居然在社區公園的花圃種起了菜。里長說『哪有人把公園花圃拿來種菜的？種些漂亮的花才對啦！』看著阿媽疑惑的表情，想到阿媽不快樂的眼睛，阿成對自己的「非常任務」有了決定，他覺得應該要讓奶奶過自己想過的生活，奶奶才會比較快樂。

國家圖書館出版品預行編目資料

青春是一首練習曲／陳素宜著；灰塵魚圖.
-- 初版.-- 臺北市：幼獅文化事業股份有限公司, 2021.03
256面；14.8x21公分. --（散文館；44）

ISBN 978-986-449-220-6(平裝)

863.596　　　　　　110000049

・散文館044・

青春是一首練習曲

作　　者＝陳素宜
繪　　者＝灰塵魚
出 版 者＝幼獅文化事業股份有限公司
發 行 人＝李鍾桂
總 經 理＝王華金
總 編 輯＝林碧琪
主　　編＝沈怡汝
編　　輯＝謝杏旻
美術編輯＝李祥銘
總 公 司＝(10045)臺北市重慶南路1段66-1號3樓
電　　話＝(02)2311-2832
傳　　真＝(02)2311-5368
郵政劃撥＝00033368

印　　刷＝崇寶彩藝印刷股份有限公司
定　　價＝260元
港　　幣＝87元
初　　版＝2021.03
書　　號＝986295

幼獅樂讀網
http://www.youth.com.tw
幼獅購物網
http://shopping.youth.com.tw
e-mail:customer@youth.com.tw

行政院新聞局核准登記證局版臺業字第0143號